Licht im Schattengewand

AF235684

Licht im Schattengewand

Ein spiritueller Kurzroman

Von Gerda Hasseler

© 2020 Hasseler, Gerda
Herstellung und Verlag: BoD – Books on
Demand, Norderstedt
ISBN: 9783752625134

©Buchcover: Gerda Hasseler

Die wichtigsten Akteure:

Miron Schukow - russischer Popstar, dessen Leben durch Michaela Sattler völlig umgekrempelt wird.

Leonid Zwetkow – russischer Musiker, Kollege von Miron Schukow

Mariana Zwetkow: Ehefrau von Leonid Zwetkow

Michaela Sattler: deutsche Komponistin der Rockoper: Lucifer. Kann mehr als sie denkt.

Michail Danilow: Oberst beim FSB und Freund von Wladimir Putin. Ein Geheimdienstler mit Geheimnissen

Wladimir Putin: russischer Präsident

Mediana le Fleur: lebt in Innererde. Eine Frau mit vielfachen magischen Fähigkeiten

Oleg Wesselow: Offizier beim FSB. Hat auch ein geheimes Geheimnis.

Nikita Fillipow: Remote Viewer, arbeitete viele Jahre für das FSB

Alexander Rekowski: Danilow´s Stellvertreter

Akim Orlow: Manager von Miron Schukow

Dragon Milford: Dunkler Lord mit dunklen Absichten

Inhaltsverzeichnis:

7

Ein folgenschwerer Anruf

Miron Schukow war in Hochstimmung, wie immer nach einem erfolgreichen Konzert. Er liebte dieses Gefühl. Diese Euphorie war besser als Drogen oder Sex oder beides zusammen. Die geballte positive Energie, die Liebe, die Erregung die ihn von tausenden von Fans umflutete, durchströmte ihn noch immer. Das Adrenalin hämmerte in seinen Venen. Oh ja, er kostete das Gefühl mit jeder Faser seines Seins aus. Der Absturz nach dem Abflauen dieser Gefühle würde heftig werden. Wie immer. Ein Absturz ins Leere.

Und dann war da ja noch dieses andere Gefühl, dass ihn seit Wochen plagte. Als ob ihm unmittelbar etwas bevorstehen würde. Da bahnte sich etwas an, dass spürte er ganz deutlich. Es war ein Gefühl der Ungewissheit, des Verlustes. Ein Gefühl drohenden Unheils, aber auch ein Gefühl der Vorfreude. So widersprüchlich, so schizophren. Er fürchtete es, er erwartete es. Nichts würde mehr so sein wie vorher. Er wollte nicht daran denken, nicht jetzt. *Euphorie, bleib noch, bleib doch bitte noch ein bisschen da.*

Das Handy vibrierte in seiner Jackentasche. *Bitte nicht jetzt. Lasst mich doch noch ein bisschen in Ruhe.* Er konnte nicht widerstehen und schaute auf das Display. Leonid! Was wollte denn der jetzt? Die Neugier überwog. Er nahm das Gespräch an.

„Miro, wie geht's?" „Hallo Leo, was gibt's? Ich bin gerade beschäftigt. Ich hatte gerade ein Konzert" „Oh wie ist es gelaufen?" „Sehr gut, wie immer. Komm auf den Punkt, ich muss weiter". Miron wollte sich sein Hochgefühl nicht nehmen lassen. Er wollte auflegen. „Miro ich muss dir unbedingt jemanden vorstellen. Und wir brauchen deine Hilfe. Ich kann dir das am Handy nicht erklären. Du musst in mein Studio auf meinem Anwesen in Barwicha kommen." Miron war verdutzt. Was sollte denn das jetzt? Er wollte absagen. Alles in ihm widerstrebte sich in ihm. Er spürte eine

11

Gefahr lauern. Das unabdingbare, es stand unmittelbar bevor. Nein, nein, nein!!! Und da wartete ja auch noch die Aftershowparty. Immer Dasselbe, derselbe Trott, die ewige Langeweile aber immerhin Ablenkung vom ewigen Sosein. Ein bisschen Tanzen, ein bisschen Trinken, sich unterhalten. Vielleicht ein Mädchen abschleppen. Oder doch lieber nicht? Nachher wurde man sie nicht wieder los.

„Wann?" fragte er so ruhig wie möglich. „Am besten sofort. So schnell du kannst. Sie ist eine Deutsche und bleibt nicht lange. Wir müssen eine Menge klären." Miron schnaufte verächtlich. „Ach es geht um eine Frau?" „Nicht nur um so eine Frau, Miro, eine ganz besondere Frau. Aber keine Sorge, sie ist nichts für dich." „Was soll denn, dass jetzt heißen, eine besondere Frau die aber nichts für mich ist." Miron verließ während des Telefonats die Garderobe und ging wie automatisch geführt durch die Katakomben der Konzerthalle in Richtung Tiefgarage. Normalerweise hätten ihn jetzt Bodyguards begleitet. Aber irgendwie waren die merkwürdigerweise nicht aufzufinden. Etwas trieb ihn an, ohne groß nachzudenken. „Miro, die Frau entspricht nicht deinem Schönheitsideal." Miron drückte den Knopf seines Schlüssels und merkwürdigerweise blinkte direkt vor ihm sein Mercedes auf. Wie war er denn so zielstrebig, ohne zu suchen hierher gelangt? Er stieg ein und verriegelte von innen die Türen. Sicher war sicher. „Du hältst mich also für oberflächlich?" brummte er ins Handy. „Naja, ein Kostverächter bist du ja wohl nicht!" „Leo, du kennst mich nicht, wie denn auch. Wir haben ja auch fast nur beruflichen Kontakt."

Leonid Zwetkow und er saßen seit Jahren, fast regelmäßig in der Jury der weltweit sehr erfolgreichen Talentshow: *Die Stimme*, in diesem Fall natürlich die schönste Stimme Russlands. Sie pflegten einen freundschaftlichen und entspannten Umgang miteinander, trafen sich häufig auf Preisverleihungen und Aftershowpartys, da sie beide musikalisch sehr erfolgreich waren. Aber ansonsten waren die

Interessenlagen, wohl bedingt durch den hohen Altersunterschied, zu verschieden, um auch regelmäßigen privaten Kontakt zu pflegen. Nur die Liebe zur Musik verband sie. Musik verbindet Alles und Jeden dachte er und startete den Wagen. „War doch nicht böse gemeint Miro. Du kennst mich doch. Kommst Du?" Miron Schukow gab die Adresse, die Leonid ihm nannte, in sein Navigationsgerät ein. „Bin schon unterwegs!"

Eine junge Frau aus Deutschland

Michaela Sattler starrte auf das Mischpult. Wie zur Hölle kam sie hier her? Was hatte sie geritten den gutaussehenden russischen Jazz-und Popmusiker Leonid Zwetkow in der Hotelbar anzusprechen? Und dass bei ihrer Schüchternheit. Er war sehr nett und unterhielt sich mit ihr über Musik und das Show Business und irgendwie erzählte sie ihm von ihren Kompositionen. Sehr alte und mittlerweile wohl aus der Mode gekommenen Kompositionen, für die sie die

Idee eines Konzeptalbums hatte. Nie verwirklicht. Immer fehlte der Mut, die Gelegenheit, die Zeit, die Muße, wie das halt so ist, wenn man nebenbei noch seine Brötchen und die Miete verdienen muss. Und was bewog den erfolgreichen Musiker sie einfach zu schnappen und mit zu sich nach Hause in sein Studio zu nehmen? Ihre Musik hatte sie im Kopf, die Texte und Noten auf einem USB-Stick gespeichert. Aber sonst? Sie schämte sich, mochte vor ihm nicht singen. Es war alles so ungewohnt. Aber die Musik, die war doch immer noch tief in ihrem Herzen. Ein Drang sich verwirklichen zu wollen. Nun war sie seit 4 Tagen in diesem fremden Haus des Russen, in einem fremden Land mit einer ihre völlig fremde Sprache, die zu erlernen ihr zu schwerfiel. Und dann musste sie ihre Musik und ihr Konzept erklären, die sie überwiegend nur im Kopf hatte. Sie spielte nur leidlich Keyboard. Gut Leonid und seine Frau waren sehr nett und sprachen beide fließend Englisch, so dass sie gut miteinander kommunizieren konnten. Nur wenn das Ehepaar untereinander russisch sprach, fühlte sie sich ein wenig ausgeschlossen. Man wusste ja auch nie, ob die Beiden nicht gerade über sie sprachen. Michaela fühlte sich völlig erschöpft. Vorhin waren sie im Studio an einem Punkt angekommen, wo es nicht mehr weiter ging. Sie hatten fast 4 Tage durchgearbeitet. Leonid war sehr professionell. Aber Michaela wollte auch ihr Konzept durchsetzen und nun brauchten sie für den Gesang der Hauptperson eine sehr tiefe raue Stimme. Leonids Stimme war ihr viel zu sanft für die Gesangsparts des Luzifer ihrer Rockopera. Und Leonid stimmte ihr darin zu und vorhin hatte er mit jemandem telefoniert, den er für diesen Gesangspart für geeignet hielt. Michaela ging in ihr Gästezimmer um sich dort auszuruhen. Nun lag sie zusammengerollt in ihrem Gästezimmer auf dem großen Doppelbett und ließ ihre Gedanken Revue passieren. Seit ungefähr ein oder ein -halb Jahren saß sie innerlich wie auf heißen Kohlen. Sie stand ständig unter Spannung und hatte das Gefühl als ob ihr unmittelbar etwas bevorstehen würde. Sie war letzte Woche völlig unmotiviert und spontan einfach nach Moskau geflogen und in dieses sündhafte Hotel abgestiegen. Das Visum hatte sie ungewöhnlich schnell bekommen. Dabei hatte sie bisher mit Russland gar nichts am Hut gehabt. Russland, das war ein weit entferntes Land am anderen Ende Europas. Fast schon Asien. Dort, im Hotel, hatte sie Leonid getroffen. War das hier jetzt die Veränderung? Sie fühlte sich innerlich nicht ruhiger, obwohl sie sicher wusste, dass sie immer unter himmlischen Schutz stand und geführt wurde. Trotzdem war sie jetzt körperlich völlig erschöpft. Die Augen fielen ihr zu.

Ein erschöpfter Popstar

Miron Schukow parkte seinen Wagen in der Auffahrt, ging die 5 Stufen zum Anwesen von Leonid Zwetkow hinauf und klingelte. Dessen Frau Mariana öffnete ihm. „Miron, schön dass du da bist, Leo wartet schon auf dich." Und der kam auch schon um die Ecke gestürmt. „Miron, komm, ich muss dir unbedingt etwas zeigen!". Er umarmte ihn und zog ihn mit sich den Flur entlang und eine Treppe zu seinem privaten Musikstudio hinunter. Miron ließ sich widerwillig mitziehen. Die Euphorie von seinem Konzert war längst verflogen und eine innere Leere und Erschöpfung hatte ihn im Griff. Der überdrehte Leonid machte ihn aggressiv. „Was ist denn das für eine Begrüßung? Was willst du mir zeigen? Was hat denn jetzt solch eine Eile? Ich habe gerade ein anstrengendes Konzert hinter mir, ich stehe völlig neben mir. Ich weiß nicht einmal wie ich hierhergekommen bin. Ich wollte nicht kommen. Ich weiß nicht warum ich gekommen bin." Miron schlug mit der Faust gegen die schalldichte Tür und vergrub dann seinen Kopf in seinen Händen. „Immer behandelst du mich wie einen kleinen Jungen. Ich bin es so leid, immer für alle den lustigen Hampelmann zu spielen," brach das, was schon so lange in ihm schwelte aus ihm hervor. Leonid stutzte. „Miron Schukow, wie kannst du nur so über dich und mich denken? Ich dachte dein Selbstbewusstsein wäre groß genug um deinen Selbstwert zu erkennen. Du bist einer der erfolgreichsten Popstars Russlands. Alle lieben und respektieren dich." Miron drehte sich von Leonid weg. „Einer der erfolgreichsten Popstars Russlands", äffte er Leonid nach. „Ich habe das Gefühl, dass es nie genug ist. Alle zerren an mir und schubsen mich von einem Auftritt zum nächsten, danach ein Meet and Greet, TV-Shows, selbst im Urlaub soll ich noch eine Homestory für die nimmer satte Presse machen. Verdammt, was wollt ihr denn alle von mir? ´ Leonid hatte ein schlechtes Gewissen, weil er hier völlig empathielos gehandelt hatte. Er wusste aus eigener Erfahrung wie leer man sich häufig nach einem Konzert fühlte. Als Vollblutmusiker verausgabte man sich völlig auf der Bühne. Und wenn man irgendjemanden einen Vollblutmusiker nennen konnte, dann Miron Schukow. „Miron, es tut mir leid. Ich war egoistisch. Du siehst erschöpft aus. Du arbeitest Zuviel." „Ach auf einmal bin ich erwachsen und nicht mehr der kleine Miro?" „Aber Miro, so ist das doch nicht gemeint." „So ist

19

das ja nicht gemeint" äffte Miron ihn wieder nach. „Ich kann nicht mehr, ich will nicht mehr, verdammt ich fahre wieder nach Hause." „Nein Miro" sagte Leonid sanft. „Nein,- nicht in diesem Zustand. Du bleibst erst einmal hier und ruhst dich aus. Komm mit". Er ging die Treppe, die sie eben erst hinunter gegangen waren wieder hinauf und lief rechter Hand den Flur hinunter. Miron folgte ihm mit hängenden Schultern. Leo fasste ihn am Oberarm, aber Miron schüttelte ihn unwillig ab. Er fühlte sich so leer und dennoch angespannt. „Hier Miro, die Treppe rauf und dann das letzte Zimmer auf der linken Seite. Dort kannst Du dich frisch machen und hinlegen. Soll ich dich hinaufbringen?" Miron stand unschlüssig am Treppenaufgang. „Nein, nein, lass nur. Du hast Recht. Ein wenig Ruhe tut mir sicher gut. Ich finde das Zimmer schon alleine. – Und – Danke". „Möchtest Du vorher noch etwas essen oder trinken?" „Nein lass nur. Ich will jetzt nichts." „Da ist auch Wasser auf dem Zimmer Miro, bedient dich ruhig." Leonid Zwetkow wusste nur zu gut, dass man nach einem Konzert den

20

Flüssigkeitsverlust durch das Schwitzen, wieder ausgleichen musste. Miron schlurfte schwerfällig, sich am Geländer festhaltend die Treppe hinauf, bog nach rechts ab und strebte dem letzten Zimmer im Gang zu. Er öffnete die Tür und ging erst einmal ins Badezimmer. Dort stützte er sich nach dem Toiletten-Gang schwerfällig auf dem Waschbecken ab. Er hob das Gesicht und betrachtete sich im Spiegel. Seine Augen blickten ihn müde, ja fast mitleidig an. Miron schnitt sich eine Grimasse, schlug sich dann eine Ladung Wasser ins Gesicht, trocknete sich ab und verließ das Badezimmer. Auf dem Tisch standen eine Flasche stilles Wasser und zwei Gläser. Er schüttete sich ein Glas voll und trank es in einem Zug aus. Dann ließ er sich mit Schwung und ausgestreckten Armen rücklings auf das Bett fallen.

Eine verhängnisvolle Begegnung

„Au!" Miron schaute überrascht neben sich. „Hey, was soll das denn?" Er verstand kein

Wort. Ein langhaariger Schopf kämpfte sich unter der Decke hervor und funkelte ihn böse an. „Sofort raus aus meinem Bett!" Er verstand noch immer kein Wort, fand die Situation aber sehr lustig und richtete sich in eine halbsitzende Position auf. Er hatte sich wohl im Zimmer geirrt. Das musste dann wohl die deutsche Frau sein. Sie hatte lange kastanienbraune Haare, leichte Fältchen unter großen grünen Augen und ein leicht kantiges Gesicht. Attraktiv, -auf ihre Weise schön. Nicht sein Typ, aber anziehend. Mein Gott, was dachte er denn da? Hatte er nicht gerade andere Sorgen? „I am Sorry" sprach er die Frau an, ohne sich aus dem Bett zu rühren oder auch nur im Mindesten etwas zur Seite zu rücken. Sie richtete sich auf und musterte ihn. Sie nahm sein Angebot an und sie unterhielten sich weiterhin auf Englisch.

„Junger Mann", sagte sie in ihrer beider fremden Sprache. „Sie okkupieren mein Bett!" Miron stutzte. Was für eine altmodische Sprache. Anders, aber amüsant. „Hätten Sie wohl die

Freundlichkeit mein Bett zu verlassen?" Er grinste breit. „Nein Madame". „Bitte was?" „Ich sagte nein,- denn dass hier ist ein sehr angenehmer Platz. Ich denke ich verweile hier noch ein Bisschen" spann er den Faden in ihrer altmodischen Weise weiter. Sie saß nun aufrecht auf dem Bett, stützte empört die Hände auf die Hüften und sah ihn irritiert an. Dann grinste auch sie, streckte ihm die rechte Hand entgegen: „Michaela und mit wem habe ich es zu tun?" Er blickte auf ihre Hand, ergriff und schüttelte sie. „Miron". „So, so, Miron. Und was verschafft mir die Ehre ihres Besuches in meinem Bett Miron?" „Eine Verwechslung, ein Versehen, ein fataler Irrtum?" bemerkte er süffisant, „- oder eine schicksalshafte Fügung?" „Was sollte das denn für eine Fügung sein? Ich würde es eher als eine Frechheit bezeichnen, dass sie sich immer noch in meinem Bett befinden und zudem noch den meisten Platz beanspruchen." Miron rückte ein wenig zur Seite und streckte sich wieder der Länge nach in die Kissen. „Hey, nicht gemütlich machen! Raus mit ihnen!". „Nicht bevor wir uns duzen." Michaela schaute

23

konsterniert auf ihn herab und streckte sich dann selbst im Bett aus. „Na gut. Wenn dass die Bedingung ist!". Miron schloss die Augen. „Hey, willst du etwa hier schlafen?" „Ich bin so müde, ich hatte einen harten Tag". „Wem sagst du das", pflichtete Michaela ihm bei. Sie lagen eine Weile schweigend nebeneinander. Miron hatte die Hände lässig hinter seinem Kopf verschränkt. Michaela richtete sich wieder leicht auf. „Was arbeitest du denn, dass du so müde bist?" fragte sie ihn. Er grummelte und sagte dann: „Ich singe ein bisschen." „Und dass ist so anstrengend?" „Ja". „Ah!" Schlussfolgerte Michaela. „Dann sollst Du wohl meinen Luzifer singen?" „Bitte was?" „Na für meine Rockoper." „Ich singe keinen Teufel." Michaela sah weiterhin milde auf ihn herab. Noch immer hielt er seine Augen geschlossen. „Aber Luzifer ist ja nicht wirklich der Teufel. Er wurde zu dem gemacht. In Wirklichkeit ist er der Hüter und Träger des Lichts." Miron öffnete die Augen und blickte zu ihr hinauf. „Welches Licht?" Sie seufzte. „Na das göttliche Licht. Das Licht, dass wir alle in uns tragen." Er stützte

24

sich nun auf seinen Ellbogen auf. „An so was glaubst du?" „Aber natürlich, wir haben alle das Licht in uns!". Miron schürzte die Lippen. „In mir ist kein Licht, in mir sind nur Leere und Schatten." Er ließ sich wieder auf das Bett fallen. Michaela musterte ihn intensiv. Miron war ein unglaublich attraktiver, schlanker, etwa 35-jähriger junger Mann. Sie schätze ihn auf stolze 180 cm. Er hatte ein scharf geschnittenes kantiges Gesicht mit einem sorgsam gestutzten Bart. Seine großen Bernsteinfarbenen Augen, fast schon karamellfarben, hatten einen kleinen Grünstich und schauten ihr urverwandt ins Gesicht. „Gefällt Dir was du siehst?" fragte er frech. „Nein" sagte sie sanft. „Nein? Was soll das denn heißen?" Er stützte sich wieder auf die Ellbogen. „Jeder hat den Lichtfunken in sich. Bei dem einen leuchtet er mehr, bei dem anderen nur schwach. Das hängt davon ab, wie wir leben, uns ernähren, wie wir miteinander und mit unserer Umwelt umgehen oder wie wir mit uns selbst umgehen. Aber es ist immer da," lenkte sie das Thema schnell wieder auf

25

eine sachliche Ebene. „Ach so,- „sagte er enttäuscht und ließ sich wieder in die Kissen sinken. „Das meinst du. Wo soll es denn herkommen, - das Licht?" Michaela schaute ihn weiter an. „Meiner Meinung nach, stammen wir alle aus einer Quelle. Einer Lichtquelle. Und die hat uns auf die Erde gesandt, um hier das Leben zu studieren. Wir sind die Studenten in der Universität namens Erde. Und mit jeder Erfahrung die wir machen, bereichern wird die Quelle dann mit unseren vielfältigen Erfahrungen. Jeder von uns hat einen Lichttropfen dieser göttlichen Quelle in sich. Das ist unsere Seele. Und je mehr Liebe wir geben, umso heller scheint das Licht. Umso größer wird unsere Seele. Schon in der Bibel steht geschrieben: Gott formte einen Menschen aus Lehm und hauchte ihm seinen Atem ein. Dieser Atem ist unsere Lichtseele." Miron atmete gleichmäßig ein und aus und starrte nun die Decke an. „Und wo genau soll es denn sein, dieses Licht in uns?" Michaela spürte ein sanftes Flimmern in ihrer Herzgegend. Es breitete sich in ihrem ganzen Körper aus. Sie hatte das Gefühl, als ob ihr Körper zitterte und bebte, was aber nicht der Fall war. Ein immenses Gefühl der unermesslichen göttlichen Liebe durchflutete sie. Ihre Hände kribbelten. „Genau hier." Sagte sie und legte intuitiv ihre rechte Hand auf Mirons Brustbein ab. Sofort zuckte sie zurück. Ihr war, als hätte sie einen gewaltigen Stromstoß erhalten. Miron schrie auf, schnellte hoch und starrte sie fassungslos an. Seine Augen waren schreckgeweitet auf ihre Augen geheftet. ´Was hast du getan? ´ schrie er sie lautlos an. Sie blickte auf seinen Mund, während ihrer fassungslos offenstand: ´Ich weiß nicht, was ist passiert? Und wie kannst Du sprechen ohne den Mund zu bewegen? ´ `Wie kannst DU reden ohne den Mund zu bewegen? ´ gab Miron zurück. `Oh mein Gott! ´ durchfuhr es Michaela. ´Oh mein Gott was? ´ Sie starrte ihn an und ihre Augen weiteten sich angstvoll noch weiter. `Aber ich habe ja gar nichts gesagt, ich habe nur etwas gedacht! ´ Sie sprang vom Bett auf. Miron starrte sie weiter an. `Was zur Hölle geht hier vor? ´ dachte er. `Ich weiß es doch auch nicht, ´ dachte sie zurück und

27

schlug sich die Hand vor den Mund. Er schüttelte den Kopf und schlug sich mit der flachen Hand auf die Stirn. `Was für ein Trip ist das? ´ `Ich weiß ja nicht auf was für einem Trip du bist, aber ich bin völlig nüchtern. Ich trinke ja nicht einmal Alkohol´ Wieder und wieder strich sie sich mit Handfläche über Wangen und Kinn, in der Hoffnung aus diesem Alptraum wach zu werden. `Ich bin auch völlig nüchtern, … außer man hat mir etwas ins Glas getan? ´ überlegte er und schielte zur Wasserflasche auf dem Tisch. Den Gedanken verwarf er aber gleich wieder. Leonid war völlig außer Verdacht Außerdem war dies Michaelas Zimmer. `Mir hat man wohl nichts in Glas getan und trotzdem bin ich auf demselben Trip wie du? ´ hakte sie sarkastisch nach. Ihre Gedanken rasten, vermischten sich mit denen von Miron und verursachten ein heilloses Durcheinander in ihrem Kopf.

Die Erkenntnis und große Furcht trafen beide gleichzeitig wie ein Hammerschlag. Fluchtartig verließ Michaela das Zimmer und rannte die Treppe hinunter. Sie lief ins

Studio und atmete schwer. „Das habe ich nur geträumt" sagte sie zu sich selbst. „ Ein blöder Alptraum. Lächerlich noch dazu. Beruhige Dich."

Sie setzte sich wie mechanisch ans Keyboard und begann eine beruhigende Melodie, die ihr seit ca. .20 Jahren durch den Kopf schwirrte, zu spielen. Langsam kam sie zur Ruhe. `Nur ein Traum´ dachte sie erneut, `es war nur ein Traum...Du meine Güte, was für ein äußerst realistischer Traum. ´ Leonid stand plötzlich vor ihr und lächelte sie an. „Ist alles in Ordnung mit dir? Du bist ja die Treppe herunter gestolpert, als wäre der Teufel höchst persönlich hinter dir her." Sie grinste. „So in etwa war es auch. Das muss wohl an unserem Projekt liegen." Auch Leonid grinste jetzt breit. „Sehr schöne Melodie die du da spielst. Soll sie mit in die Rockoper eingebaut werden?" Michaela hörte auf zu spielen. „Nein, nein, das ist eine ganz andere Melodie. Meine ganz persönliche Musik. Ich weiß auch nicht. Am Anfang war die Melodie ganz einfach da und nach und

29

nach kamen dann Akkorde hinzu. Das entwickelt sich mit der Zeit irgendwie immer weiter. Die Melodie kommt ganz tief aus meinem Innersten." Leonid nickte. „Kann schon sein, so was Ähnliches habe ich auch. Soll ich es dir mal vorspielen?" Michaela nickte und Leonid bereitete seine Elektrogitarre vor. `Und wie soll es nun weitergehen? ´ dröhnte es in plötzlich in Michaelas Kopf. Ihr Kopf schnellte zur Tür. Dort stand, wie Diavolo persönlich, Miron, lässig an den Türrahmen gestützt, die Beine leicht überkreuzt und die Arme vor der Brust verschränkt `Mach das wieder weg! ´ schrie er sie dann regelrecht in Gedanken an. Michaela sprang auf. Miron machte einen Schritt seitwärts und Michaela stürmte strammen Schrittes an ihm vorbei, die Treppe hinauf, zur Haustür hinaus und über den Rasen auf einen am Rand des Grundstücks liegenden See zu. Es war schon dunkel, aber sie ging sicheren Schrittes voran. `Bleib stehen! ´ dröhnte es von hinten in ihrem Kopf. Michaela beschleunigte ihre Schritte, geradeaus auf den von Bäumen umrahmten See zuhaltend. `Ich sagte du sollst stehen bleiben! ´ Kam es aus Mirons Richtung. Auch er schien nun schneller zu gehen. Sie begann zu rennen und stoppte abrupt auf einer kleinen Anhöhe und schaute auf den vom Vollmond beschienenen See hinab. Langsam beruhigte sich ihr Atem. Sie versuchte nicht zu denken und begann ihr Gehirn zu leeren, so wie sie es bei ihren kurzen Meditationen zu pflegte. Die Idylle erreichte ihre Seele, breitete sich in Ruhe in ihr aus und gab ihr, trotz allem, einen tiefen Frieden. Sie spürte jemanden neben sich stehen. Ganz nah. Auch Miron starrte nun auf den See und schien sich zu beruhigen. Sie tastete blind nach seiner Hand, fand sie und umfasste sie. Er ließ es geschehen. `Ich habe ja auch Angst, ´ dachte sie und schaute ihn von der Seite an. Langsam drehte er ihr sein Gesicht zu. Der Mond glitzerte in seinen tiefgründigen dunklen Augen. Eine warme Energie strömte durch seine Hand zu ihr und von ihr zu ihm. Ihre Körper vibrierten sanft und spiralförmig. Es war als ob ihre Zellen verschmelzen. Michaela löste ihre Hand aus seiner. Die Energie blieb

31

bestehen. Sie wandten ihre Körper einander zu und legten ihre Handflächen wie in einer unsichtbaren Regie aneinander. Ein heftiger Energiestoß durchströmte sie. Sanft, blumig und unerträglich schön. Sie begannen unter der Anstrengung heftig zu atmen. Ein unsichtbarer Informationsfluss strömte unaufhörlich durch ihre Herzen und ihren Geist. Kein fassbarer Gedanke, aber spürbar da. Machtvoll, anstrengend, unerträglich, lustvoll, beängstigend und doch nach mehr schreiend. Das Licht arbeitete sich aus ihren Herzen hervor und durchflutete jede ihrer Zellen mit ihnen unbekannten verschlüsselten Codes. Ihre Auren bebten und wallten. Eine enorme Energiewolke wogte um und in ihnen. Ihre Blicke waren unentwegt ineinander verschränkt. Seine braunen Augen schauten durch ihre grünen Augen bis auf ihren tiefsten Seelengrund und umgekehrt. Das Beben und Schmelzen ihrer Zellen strebte zum Höhepunkt und ebbte dann ganz langsam ab. Miron seufzte tief und legte seine Stirn an ihre. Sie umarmten sich und verharrten so, eine für sie unendliche Zeit lang. `Mein Kopf ist so leer, es ist vorbei´ jubilierte Michaela. `Zu früh gefreut´ antwortete Miron ironisch. Er setzte sich ins Gras und zog sie zu sich herunter. `Bitte höre mal einen Moment auf zu denken, ich kann sonst nicht klar nachdenken´ forderte er sie auf. `Witzbold, hör du doch auf zu denken. ´ antwortete sie lakonisch. Sie atmete tief ein und stieß die Luft in einem heftigen Stoß wieder aus. `Das war es also, was sich seit Wochen anbahnte` dachte er an sie gewandt. `Was meinst du? ´ dachte sie zurück. Er nahm einen Kiesel auf, holte aus, warf ihn ins Wasser und beobachtete die sich auf dem Wasser ausbreitenden Kreise. `Da war so eine komische Anspannung, als ob etwas passieren würde. So eine Vorahnung, weißt du? Ich dachte da käme vielleicht ein schwerer Unfall auf mich zu. Aber mit so etwas habe ich im Leben nicht gerechnet. Ich habe nicht einmal geglaubt, dass es so was gibt. Diese Telepathie meine ich. Es ist doch Telepathie,- oder? ´ Michaela runzelte die Stirn. `Ich habe mir immer gewünscht, die Gedanken anderer Menschen und vielleicht auch die der Tiere lesen zu können. Aber jetzt wo es wohl so ist, möchte ich, dass es aufhört. Man muss das doch irgendwie steuern können. Wie soll das denn nur weiter gehen? Konntest du Leonids Gedanken vorhin auch lesen Miron? ´ `Nein, konnte ich nicht. Das geht nur bei dir. ´ ´Ich konnte seine Gedanken auch nicht lesen. ´ Michaela starrte vor sich auf den erdigen Boden. Ihr war, als ob all ihre Sinne sich um ein tausendfaches gesteigert hätten. Ihr war, als ob sie die Geräusche der Natur intensiver hören konnte. Sie spürte elektrische Impulse um sich herum. `Mir geht es genauso´ sagte Miron. `Ich gebe Dir keine Schuld. Aber als du deine Hand auf meine Brust gelegt hast… da kam etwas aus dir. ´ Michaela strich sich eine Strähne aus dem Gesicht. `Ja, meine Hände kribbelten so komisch. Aber da kam auch etwas aus dir, wie ein elektrischer Schlag. ´ `Ja, so fühlte es sich an. ´ bestätigte er ihr. `Aber warum? ´ `Das Warum wird sich noch zeigen. Wir müssen es herausfinden´ dachte er und legte sich ins Gras. Michaela nickte und fasste einen Entschluss. `Ich werde morgen abreisen. Je mehr Abstand wir zueinander

34

haben, umso besser wird es doch wohl werden? ´ meinte sie entschlossen.

Er schwieg einen Moment, versuchte seinen Geist zu leeren und starrte zum Mond hinauf.

`Kommt gar nicht in Frage´ dachte er dann resolut. `Du bleibst hier und wir werden es gemeinsam herausfinden. Es muss doch einen Sinn haben, dass ausgerechnet wir Beide so mit einander verflochten wurden. ´ Michaela biss sich auf die Lippen. `Das geht nicht. Ich kann eure Sprache nicht, ich finde hier keine Arbeit und ich wüsste auch gar nicht was ich hier machen soll. Den Beruf, den ich jetzt in Deutschland ausübe, den gibt es hier in Russland gar nicht glaube ich. Ich kann ja nicht ewig bei Leonid bleiben und seine Gastfreundschaft überstrapazieren. ´ `Ich dachte ja auch nicht, dass du bei Leonid bleiben sollst. ´ antwortete Miron. `du sollst ja auch bei mir bleiben´.

`Nein, nein´ dachte Michaela hastig. `Ich kenne idch ja gar nicht. Und ich will dir keineswegs zur Last fallen!´ `Darüber mach dir mal keine Sorgen´ grinste er selbstgefällig. `In meiner kleinen Hütte ist schon noch ein kleines Plätzchen für dich übrig.´

Ein angenehmes Frühstück ohne Hühnersuppe

Aber zunächst verbrachten sie die Nacht bei Leonid in getrennten Zimmern. Der schien sich zwar zu wundern, was zwischen den beiden vor sich ging, weil sie sich so wunderlich verhielten, fragte aber nicht weiter bei den jungen Leuten nach. Auch hatte ihm Mirons Seelendurchfall am gestrigen Abend, bei seiner Ankunft zu Denken gegeben. Der Junge war überfordert und brauchte nach Leonids Ansicht dringend eine Pause.

Am nächsten Morgen frühstückten sie alle gemeinsam. Leonids Frau Mariana hatte den Tisch liebevoll gedeckt und schaute ihren Mann fragend an. Michaela und Miron saßen sich gegenüber und starrten sich intensiv an. `Hast du heute Nacht noch meine Gedanken empfangen? ´ fragte er still. `Ich weiß es nicht. Was hast Du denn gedacht´ fragte sie zurück. `Ich hatte einen komischen Traum´ antwortete er. `Ich auch! ´ Michaela hob die Augenbrauen. `Ich war in einer komischen Höhle, so in etwas wie…´ `in einer unterirdischen Stadt? ´ vervollständigte er ihren Gedankengang. `Ja! ´ dachte sie überrascht. Da waren so komische menschenähnliche Wesen mit kahlen Köpfen…´ `… und hellblauer Haut und langen bunten Gewändern. `dachte er ihren Satz zu Ende. `Das stimmt. Und du Miron, warst die Sonne und hast mich ausgelacht! ´ Er biss herzhaft von seinem Brot ab, während sie an einem Stück Melone knabberte. `Ich habe dich nicht ausgelacht, ich habe dich angelacht! ´ Miron strahlte über das ganze Gesicht. `Ich fühlte mich sehr glücklich da oben. ´ Leonid und Mariana schauten sich irritiert an. „Man könnte ja fast meinen, ihr haltet eine Art unhörbare Zwiesprache" sagte er und goss sich Kaffee nach. Die beiden

37

angesprochenen grinsten über alle Backen. „Dabei kennt ihr euch ja gar nicht und gestern Abend schien es, als hättet ihr ordentlich Krach. „Mariana hob fragend die Kaffeekanne und Miron und Michaela hoben gleichzeitig ihre leeren Tassen um sich Kaffee nachfüllen zu lassen. „Ich bin wirklich froh, dass es dir heute besser zu gehen scheint Miro." fuhr Leonid fort. „Ich habe mir ernsthaft Sorgen um dich gemacht. Und ich möchte mich für mein Verhalten gestern bei dir entschuldigen. Ich hätte mehr Rücksicht auf dich nehmen müssen. Ich war nur so enthusiastisch. Michaela hat echt tolle Ideen für diese Rockoper und ich bin ganz ungeduldig." Miron legte beschwichtigend eine Hand auf Leonids Unterarm. „Ich muss mich bei dir entschuldigen für meinen Ausfall gestern. Und ich danke dir für deine Fürsorge. Ich habe den Abstand gebraucht. Ich will mir gar nicht ausmalen, was jetzt in Moskau los ist. Mein Management wird mich schon vermissen und einen Riesenaufstand machen, weil ich alleine verschwunden bin." Leonid stutzte. „Hast du denn nicht

Bescheid gesagt, wo du bist?" Miron nahm einen Schluck Kaffee. „Autsch ist der Heiß. Nö,- habe ich nicht. Ich konnte gestern Abend gar nicht klar denken und bin einfach losgefahren." Er fingerte sein Handy aus der Hemdtasche und schaltete es ein. „Ups,- 50 Nachrichten!" kicherte er. „Willst du nicht Bescheid sagen, dass alles OK ist bei dir?" Leonid linste auf das Display. „Ich bin doch kein Kleinkind," stieß Miron verächtlich hervor und schaltete das Smartphone sofort wieder aus. „Ich bin ein freier Mensch." Da sich die beiden in Russisch unterhielten, verstand Michaela kein Wort. Und irgendwie dachte Miron immer an Hühnersuppe. Dabei hatte Mariana doch so ein schönes Frühstück auf den Tisch gebracht.

Musik mit Militär

Den folgenden Tag verbrachten die beiden Musiker mit Michaela im Studio. Miron ließ sich das Konzept der Rockoper namens Luzifer erklären und hörte sich die ersten

Tapes an. Er war schnell davon begeistert. Und da er Michaelas Gedanken lesen konnte, setzte er ihre Ideen schnell musikalisch um. Sie kamen zügig voran und Michaela war beeindruckt von Mirons tiefer rauchiger Stimme. Genauso sollte ihr Luzifer, der anfangs ruppig und gegen Ende durch das Mädchen Marie zum Guten bekehrt und dadurch immer sanfter wurde, klingen. „Du kannst wirklich gut singen. Und du bist ein sehr talentierter Musiker" lobte sie ihn. Miron hob grinsend den Daumen und dachte, schon wieder, an Hühnersuppe.

Mariana schaute kurz ins Studio und bat Leonid nach oben. Als er zurückkam wirkte er etwas verstört. „Was ist los?" fragte Michaela. „Ach, da unten, am See, ist alles voller Militär. Wir wurden gerade befragt, ob uns gestern Nacht am See etwas aufgefallen ist." Miron und Michaela schauten sich groß an. „Wart ihr gestern Abend nicht zusammen am See? Ist euch etwas aufgefallen?" Miron schüttelte unmerklich den Kopf und warnte sie leise: `Halt besser die Klappe ´doch Michaela, wie

Frauen nun mal so sind, plapperte drauf los. „Ja, ich war allein am See. Mir ist aber nichts aufgefallen." Miron atmete erleichtert aus. „Ich dachte du wärst ihr nachgelaufen, „wandte sich Leonid jetzt an Miron. Der schaute Michaela mit einem schnellen Blick von der Seite her an. „Ja, ich bin ihr hinterher. Ich wollte sie beruhigen. Aber ich habe sie nicht gefunden und bin auf der Straße auf und ab gelaufen." Er blickte beschämt zu Boden ob der Lüge gegenüber seines väterlichen, Freundes. „Meinst Du ich soll den Part: What on hell happened with hell… noch einmal, diesmal nachdrücklicher einsingen?" lenkte er schnell vom Thema ab. „Ich finde den Teil ausgezeichnet. Wir könnten jetzt noch die Hintergrundgeräusche verfeinern. Was meinst Du Michaela?" antwortete Leonid. Und schon waren sie wieder in ihre Arbeit vertieft. Gegen Abend bestand Miron darauf, mit Michaela in seine Moskauer Stadtwohnung zu fahren. Sie verabredeten sich mit Leonid, am übernächsten Tag weiter in seinem Studio zu arbeiten, da

41

sowohl Leonid, als auch Miron am nächsten Tag noch Fernsehaufzeichnungen hatten.

Ein populärer Popstar

Michaela saß auf dem Beifahrersitz von Mirons Mercedes und schmollte. `Kannst Du bitte mal aufhören ununterbrochen an Hühnersuppe zu denken´ fuhr sie ihn schließlich an. `Warum? Magst Du keine Hühnersuppe´ `Nein! ´ Sie verschränkte die Arme vor der Brust. `Und Hamburger geht ja schon mal gar nicht. ´ stieß sie dann hervor. Miron grinste ein entzücktes Grinsen. `Was, Hamburger magst du auch nicht? ´ `Es mag dir zwar entgangen sein, aber ich bin Vegetarierin. ´ `Woran soll ich denn dann denken? ´ fragte er sie. `Obstsalat? ´ Miron prustete los und dachte unentwegt in einem melodischen Singsang: `Obstsalat, Obstsalat, Obstsalat. Obstsalat ist wirklich fad …´ und begann dabei zu summen. Michaela sah ihn missbilligend an. `Warum tust du das? ´ `Warum tue ich was?` fragte er unschuldig zurück. Michala blitzte ihn wütend an. Sie sah so niedlich auch, wenn sie wütend dreinschaute. `An solche Dinge zu denken. Hühnersuppe, Hamburger, Obstsalat. Hast Du Hunger?´Er zuckte mit den Schultern während er sich auf den Verkehr konzentrierte. `Vielleicht damit du meine wahren Gedanken nicht lesen kannst? ´ Ihr Kopf ruckte empor. `Du kannst zweigleisig denken? ´ Miron nickte. `Und was bitte ist es, was du denkst und ich nicht erfahren darf? ´ Miron sah sie kurz mit einem Seitenblick an. `So intim sind wir ja wohl noch nicht, dass ich dich an all meinen Gedanken teilhaben lasse. Ich beanspruche meine Privatsphäre ´ `Und so intim werden wir wohl auch nicht, ´ zickte sie hinterher. Miron grinste sie anzüglich an und schleuderte ihr einen Luft- Kuss entgegen. Dann schaute er, wie seit einigen Kilometern schon so oft, wieder in den Rückspiegel und kniff die Lippen zusammen. Plötzlich riss er das Steuer herum und bog unvermittelt in eine Seitenstraße ein. Michaela wurde unsanft in den Sitz

43

gedrückt. „Hey!" rief sie laut. Und dann: „Was meinst Du mit, wir werden verfolgt?" Michaela drehte sich um und sah einen schwarzen Wagen mit dunkel getönten Fenstern ebenfalls rasant, nach ihnen, in die Straße einbiegen.

„Wer ist das?" „Ich glaub ich weiß wer das ist. Aber ihr kriegt mich nicht. Ich bin doch nicht euer Kleinkind" Miron gab Gas und vollführte erneut ein riskantes Abbiege Manöver um gleich darauf in eine weitere Seitenstraße einzubiegen. Dann bremste er heftig und fuhr in eine Hauseinfahrt hinter eine Hecke. Der schwarze Wagen fuhr kurz darauf an ihnen vorbei in Richtung Stadtmitte. Miron lenkte den Wagen wieder auf die Straße und fuhr in die entgegengesetzte Richtung, diesmal stadtauswärts. „Schätzchen" flötete er kurzentschlossen: „Wir fahren aufs Land." Er grinste verschmitzt in sich hinein.

Michaela starrte ihn ungläubig an. `Alles was ich verstehe ist Hühnersuppe`. Er prustete los und tätschelte ihr den Arm. `Glaubst du das war das Militär? ´ fragte sie ihn. `Warum sollte uns das Militär wohl verfolgen? Ach wegen der Sache am See´ ` Mmh. Darauf bin ich noch gar nicht gekommen. Vielleicht sucht uns der Geheimdienst? ´ Eigentlich glaubte Miron selbst nicht daran. Er hatte jemand anderen in Verdacht. Michaela machte große Augen. `Du meinst der KGB? Sind wir für die nicht eine Nummer zu klein? ´ `Das heißt schon lange nicht mehr KGB. Das heißt jetzt FSB. Inlandsgeheimdienst der russischen Föderation´ Miron fuhr zügig und schon hatten sie das Umland von Moskau erreicht. Er erblickte eine Tankstelle und fuhr an eine Zapfsäule. Er tankte voll, beugte sich unter den Sitz und holte eine kleine pralle Tasche hervor. `Gut, dass ich so ungern mit Kreditkarte bezahle. Nur Bares ist Wahres´ grinste er und holte ein Bündel Rubel-Scheine hervor. Wärst Du so nett und bezahlst für uns? Ich kann mich in dieser Gegend leider nicht blicken lassen. ´ Er legte seinen treuesten Dackelblick auf, was Michaela reichlich albern vorkam. Sie zuckte mit den Achseln, schnappte sich das Geld und ging zum Kassenhäuschen. Als sie

45

zurückkam wirkte sie mal wieder leicht zornig. `Die Frau sollte dringend an ihren Emotionen arbeiten ´ dachte Miron.

Michaela schwang sich auf den Sitz und sah ihn wütend an. `Was ist jetzt?´fragte er sie. `Hühnersuppe? Wieso denkst jetzt DU an Hühnersuppe? Ich dachte du bist Vegetarierin? ´ Michaela fasste in ihre Jacke und zog eine Zeitung hervor. Sie konnte zwar die kyrillischen Buchstaben nicht lesen, aber die Fotos waren eindeutig. Diesmal sprach sie mit deutlicher Stimme, anstatt zu denken, so dass Miron sich erschrocken die Ohren zuhielt. „Kannst du mir das bitte mal erklären? Dein Bild, auf Seite Eins, die volle Seite? Und stehst Du da auf einer Bühne vor hunderten von Fans? Herrgott, wer bist Du? Und was steht da geschrieben?" Miron nahm ihr die Zeitung ab. „Tausende" sagte er,- „tausende Fans" und las dann einige Minuten. „Da steht, " sagte er gedehnt, „Das Miron Schukow nach einem erfolgreichen ausverkauften Konzert spurlos verschwunden sei. Ein Verbrechen werde nicht ausgeschlossen. Eine Lösegeldforderung sei aber noch nicht

46

eingegangen. Sein Handy wurde zuletzt in der Tiefgarage der Konzerthalle geortet" Michaela sah ihn konsterniert an. „Ich dachte du singst ein bisschen!" „Tu ich ja auch!" „Du hättest es mir ruhig sagen können." „Wann denn? Wir streiten ja andauernd. Hättest Du mir denn geglaubt, wenn ich dir gesagt hätte, dass ich ein großer Popstar bin? Obendrein haben wir diese unglaublich wahnwitzige Telepathie Geschichte am Hals. Außerdem ist es nicht wichtig." Er machte eine Pause. „Und es war schön, bis hierher, auch mal wie ein richtiger, normaler Mensch behandelt zu werden und nicht wie ein Überwesen, dass man anschreien, anfassen und wie ein Tier im Zoo begaffen kann." Michaela schaute ihn erschrocken an. Sie spürte seine Emotionen. Einsamkeit und Furcht. Er fuhr fort: „ Andere wiederum behandeln mich übertrieben höflich und bewundernd und fassen mich mit Samthandschuhen an. Das nervt manchmal alles einfach nur." Michaela strich ihm sanft über die Wange. „Miron, du bist doch ein Mensch. Ein nerviger Mensch zwar, aber auch ein liebenswerter Mensch.

Und jetzt verstehe ich Deine Marotten viel besser." „Marotten?" begehrte Miron auf, „ich habe keine Marotten." „Jeder Mensch hat Marotten. Ich auch. Naja, deshalb sollte ich also bezahlen gehen. Aber ich glaube, wir fahren jetzt besser weiter. Sonst fallen wir hier noch auf." Miron nickte, startete den Wagen und lenkte den Wagen auf die Straße. Michaela hing ihren Gedanken nach. `Das glaube ich nicht´ dachte Miron in ihre Gedankengänge hinein. `Ich glaube nicht, dass die Verfolgung vorhin etwas mit meinem Status als Popstar zu tun hat. Zuerst habe ich das angenommen. Aber jetzt nicht mehr. Mein Handy ist seit gestern Abend ausgeschaltet. Nur bei Leonid habe kurz auf die Mails geschaut. Wie sollten die jetzt wissen wo ich bin? Merkwürdig ist allerdings, dass die mein Handy angeblich zuletzt in der Tiefgarage geortet haben wollen, obwohl ich es bei Leonid auch noch aktiviert hatte. ´ Michaela nickte. `Mmh. Was ist da gestern mit uns passiert? Miron, hast du auch die gewaltigen Energieentladungen gespürt? War das nur von uns, oder ist dort noch etwas anderes

48

vorgefallen. Vielleicht ausgelöst durch unsere Answesenheit? Glaubst du da ist etwas am See zurückgeblieben, was die vom Militär irgendwie orten konnten? Eine Anomalie? ´ Er starrte geradeaus auf die Straße. „Weißt du?" sagte er laut. „Ich kenne mich mit diesem Esoterik-Scheiß nicht aus. Und ich will auch nichts damit zu schaffen haben." „Das war kein Esoterik-Scheiß Miron, das war real!". Miron stierte auf die Straße. „Ich habe nie an so was geglaubt. Das fällt mir gerade alles etwas schwer. Zudem begehe ich gerade im realen Leben ein paar Vertragsbrüche. Heute Abend wäre ich Gast in einer Talkshow gewesen. Morgen steht ein Shooting für das neue Plattencover an. Ein Filmdreh für mein neues Video ab übermorgen. Ach und heute Vormittag hätte ich eigentlich im Frühstücksfernsehen zu Gast sein sollen." Michaela nagte an ihrer Unterlippe „Das hast du für mich sausen gelassen und stattdessen für mich gesungen? " flüsterte sie. Miron lachte heiser auf. „Dass meine Liebe, habe ich im Gegensatz zu all dem anderen, was ständig von mir verlangt wird,

49

sehr gerne gemacht. Es machte richtig Spaß deine kreativen Gedanken umzusetzen." Er blickte sie kurz an. „Und es rührt mich, dass du gerührt bist." `Ich muss dringend an meiner Gedankenverschleierung arbeiten´ dachte Michaela und Miron nickte ihr zustimmend zu. `Obstsalat! ´

Im Hauptquartier des FSB – Oberst Danilow recherchiert

Oberst Michail Danilow schlug mit der Faust auf den Schreibtisch und bereute es sogleich. Mit schmerzhafter Mimik rieb er sich die Handkante, mit der er aufgeschlagen hatte. „Wie lange dauert, dass denn noch in diesem Saftladen, bis ich die ersten Ergebnisse bekomme?"

Offizier Oleg Wesselow meldete sich zu Wort. „Herr Oberst, am See haben wir Genmaterial von Miron Schukow vorgefunden vorgefunden. Unmittelbar am See hat der Musiker Leonid Zwetkow ein Anwesen. Er behauptet in der Nacht geschlafen und nichts mitbekommen zu haben. Seine Frau bestätigt das." Der Oberst beugte sich vor." Schukow, gilt der nicht als vermisst? Glauben Sie Zwetkow hat etwas damit zu tun?" Wesselow beugte sich etwas vor. „Wäre möglich. Schukow und Zwetkow sind Kollegen und sitzen zusammen in der Jury der Castingshow: Die Stimme Russlands." Danilow lehnte sich so entspannt in seinem Schreibtischsessel zurück, wie es ihm möglich war. „Ja, sehr schöne Show. Meine Frau schaut die auch immer sehr gerne. Ist es möglich, dass Schukow sich abgesetzt hat, weil ihm der Trubel zu viel wurde?" Wesselow wiegte den Kopf hin und her. „Schon möglich, dass er Unterschlupf bei Zwetkow gesucht hat, um eine Auszeit zu nehmen. Es soll noch eine Frau bei Zwetkow gewohnt haben. Eine Deutsche. Wohlmöglich hat sich Schukow mit ihr vergnügt" Wesselow grinste anzüglich. „Dass, „antwortete Danilow, ohne auf die letzte Bemerkung seines Offiziers einzugehen, erklärt aber nicht den Energieschub, die Anomalie an besagtem See. Schukow hat wohl nicht die

51

Möglichkeiten so etwas anzurichten?" „Herr Oberst, dieser Schukow ist ein naiver, selbstsüchtiger Sänger der stets nur den nächsten Kick sucht. Bestimmt nimmt der auch Drogen." „Wo ist der Schub genau aufgetreten?" „An der Stelle mit der gefunden DNA." Danilow gab etwas in den Computer ein und las konzentriert. „Also dieser Schukow, so dumm und naiv ist der gar nicht. Der hat ein Einser - Abitur und einige Semester Physik studiert, bevor er beim Karaoke als Sänger entdeckt wurde. Er spricht fließend Englisch, Spanisch und Chinesisch. Er spielt Akkordeon, Keyboard, Gitarre, Schlagzeug und Saxophon. Zudem hält er sich, außer von Aftershowpartys abgesehen, von Feierlichkeiten fern. Er nimmt keine Drogen. Ab und zu kippt er sich auf besagten Partys einen hinter die Binde. Aber eher selten. Und dass sei ihm ja auch gegönnt. Er hatte eine langjährige Verlobte und lebt jetzt als Single. One-night-Stands hat er eher weniger. Hier steht etwas von einer Strafe von 1200 Rubel wegen Trunkenheit am Steuer. Dass ist jetzt 5 Jahre her. Seitdem ist er, soweit wir es wissen, sauber. Er erscheint stets pünktlich zu Konzerten und Fernsehauftritten, erfüllt freundlich Autogrammwünsche und kümmert sich um kranke und behinderte Kinder. Ganz ehrlich, den würde ich mir als Schwiegersohn wünschen, wenn ich eine Tochter hätte." Er machte eine kurze Pause. „Was ist mit der Frau, die bei Zwetkow wohnte. Diese Deutsche. Könnte sie etwas mit der Anomalie zu tun haben?" Wesselow hob bedauernd die Schultern. „Keine Ahnung, wir wissen nichts über sie." „Dann befragen Sie Zwetkow und seine Frau noch mal. Der Fall hat oberste Priorität." Wesselow schaute ihn fragen an. „Welcher Fall? Die Anomalie, oder das Verschwinden Schukows „ „ Beide! Präsident Putin will in beiden Fällen auf dem Laufenden gehalten werden. Er hat wohl einen Narren an diesem Schukow gefressen." Wesselow wandte sich zum Gehen um. Danilow rief ihn zurück. „Wesselow! Was werden sie unternehmen?" „Herr Oberst, ich habe da eine Idee. Wir werden alte Techniken anwenden." Danilow hob fragend eine Augenbraue, nickte dann aber verstehend.

„Sehr gut Wesselow. An wen denken sie dabei?" „Nikita Fillipow hat damals gute Ergebnisse erzielt und er ist zügig verfügbar. Er wohnt nur eine halbe Stunde von hier." „Machen Sie, dass und halten sie mich auf dem Laufenden."

Burgen in Russland

Miron fuhr unverdrossen weiter. „Soll ich dich mal ablösen? Du fährst schon die halbe Nacht. Ich habe gerade etwas geschlafen und bin ausgeruht. Das solltest Du auch tun." bot Michaela ihm an.

Miron fuhr sich mit der Hand über die Augen. In der Tat fielen sie ihm immer mal wieder zu. Michaela war kurz nach dem Tanken eingeschlafen. Sie hatte einen entzückenden Traum in dem er vorkam. Das hielt ihn eine Weile munter. Aber nun brauchte er in der Tat dringend eine Tüte Schlaf. „Miron mach mal eine Pause." Er fuhr rechts ran und stützte seinen Kopf kurz auf das Lenkrad. Nun wo der Wagen stand, bemerkte er erst recht die Anspannung und die Müdigkeit. Er stieg aus und ging zur

Beifahrertür. Michaela stieg ebenfalls aus,
setzte sich auf den Fahrersitz, stellte ihn auf
ihre Größe ein und richtete den Rück- und
die Seitenspiegel. Sie sah ihn fragend an.
`Miron wo geht es lang? Und wohin fahren
wir überhaupt? ´

Miron rieb sich die Schläfen. Ein leichter
Spannungskopfschmerz machte sich breit.
Das Denken fiel ihm schwer. Darum sagte er:
„Bleib hier noch etwa zwei Stunden auf
dieser Landstraße. Fahre immer gerade aus.
Und in zwei Stunden weckst du mich dann,
falls ich noch schlafe,- ok? Schalte nicht das
Navigationsgerät ein. Ich glaube zwar, dass
sie uns damit nicht orten können, aber
sicher ist sicher." Daran hatte Michela gar
nicht gedacht. Aber da Navigationsgeräte
satellitengesteuert funktionieren, könnte
eine Ortungsmöglichkeit möglich sein.
„Bitte denke nicht wieder an Hühnersuppe.
Miron, wohin fahren wir?" Miron lächelte
müde. „Wir fahren nach Isborsk. Dort hatte
mein Großvater ein kleines abgelegenes
Haus, das er mir vererbt hat. Dort dürfte
uns keiner suchen. Das ist ein sehr kleines

altes Dorf. Es hat eine der am frühesten erwähnten Burgen in Russland, worauf wir sehr stolz sind." „Dort gibt es eine Burg?" frage Michaela. „In Russland gab es Ritter und Burgen? Davon habe ich ja noch nie etwas gehört!" „Da kannst du mal sehen," antwortete Miron. „Wir Russen machen auch jeden europäischen Scheiß mit! Also sind wir wohl Europäer!" Er lachte. Michaela wurde ernst: „Miron, warum flüchten wir? Wir haben doch nichts getan." „Ich weiß es nicht." sagte er. „Es ist so ein Bauchgefühl, so eine Führung, verstehst du? Wie so ein Ruf. Ich habe das ganz dringende Gefühl dass ich da hin muss." Michaela nickte. „Ok, das kann ich akzeptieren." Sie starte den Motor und fuhr los. Sie war noch keinen Kilometer gefahren, als Miron durch das leise schnurren des Motors und den sanften Vibrationen der Straße eingeschlafen war.

Eine andere Art des Remote Viewing

Nikita Fillipow bekam hohen Besuch. Zwei Agenten des FSB holten ihn höchstpersönlich ab. „Wesselow, dass ich das noch mal erleben darf. Meine Dienste werden also doch noch mal gebraucht? Und das im Zeitalter der Digitalisierung?". Oleg Wesselow winkte ab. „Die guten alten Methoden sind immer noch die Besten. Hast du es noch drauf?" Fillipow zuckte mit den Schultern. „Das wird sich dann wohl gleich zeigen. Her mit den Koordinaten.". „Koordinaten gibt es keine. Aber wir haben organisches Material." Filipow runzelte die Stirn: „OK. Warum nicht? – Versuch macht klug" Wesselow nahm am Tisch in dem kargen Raum Platz und zeigte auf den Stuhl vor sich." Setz dich." Fillipow tat wie ihm geheißen. Wesselow kramte ein Tütchen hervor und schüttete es vor Fillipow aus. Der starrte auf den Tisch. „Mmh. Ein paar Haare, ist das alles?" „Und das Geburtsdatum: 24. 12. 1985 in Jekatarinenburg." Fillipow nahm einen Zettel von einem Papierstapel, der vor ihm auf dem Tisch lag und einen Bleistift. Dann notierte er sorgfältig Datum und

Geburtsort. Er berührte mit den Fingern seiner linken Hand die Haare welche vor ihm lagen. Er konzentrierte sich und fiel alsbald in eine Trance. Seine rechte Hand zuckte und malte mit dem Bleistift eine Zickzacklinie auf das Blatt. Wesselow legte sofort ein neues Blatt vor ihn hin. Fillipow kritzelte einen Strich und zwei Türme. „Was siehst Du Nikita?" „Ich sehe einen Mann, jung, mit Bart. Er schläft gerade. Jeder kennt ihn. Er ist auf der Suche. Es ist ihm etwas widerfahren, was er nicht versteht. Eine Frau ist bei ihm." Wesselow schrieb schnell mit. „Ist er in Gefahr?" „Ja, ist er. Er weiß es nicht. Er könnte sich verlieren." „Was heißt, dass, er könnte sich verlieren? Koma? Tot?" „Nichts von beidem." Fillipow atmete tief durch. „ Ah- ich sehe es jetzt. Am Ende findet er seinen Frieden." Fillipows Hand zuckte wieder und Wesselow legte ein neues Blatt vor ihn hin. Fillipow malte 4 Kreise mit einem Strich darunter und über den Kreisen einen großen Kreis. „Sie holen ihn". Wesselow´s Spannung stieg. Er erhielt hier mehr Informationen, als er hatte erwarten können. Ohne Koordinaten. Aber

Miron Schukow war in akuter Gefahr. Und wie es aussah, hatten alte Bekannte, - seine, Wesselows persönliche Feinde, etwas damit zu tun. So jedenfalls interpretierte er Fillipow´s Aussagen. Wenngleich das alles auch recht kryptisch klang. „Nikita, die Frau, was ist mit ihr?" Fillipows Hand zuckte und wieder erhielt er ein neues Blatt Papier. Er malte im Zickzack und plötzlich zuckte seine Hand steil nach unten. „Die Frau ist nicht in Gefahr." „Wie kannst du das wissen, du hast nichts über sie." „Kontakt über den Mann. „Ist sie für den Mann eine Gefahr?" „Er ist für sich selbst eine Gefahr" „Nikita, der Ort, siehst Du den Ort, wohin fahren sie?" Filipow Hand verharrte zitternd über dem Papier, bevor er den Ort nannte. „Pskow". Wesselow sprang ohne ein weiteres Wort auf, um umgehend Meldung zu erstatten.

Als Miron einst Präsident Putin traf

Miron streckte seine Glieder in der Enge des Wagens aus. Seine Augen öffneten sich.

Sein Mercedes stand auf einem Feldweg. Es war helllichter Tag. Von Michaela war nichts zu sehen. Er wurde leicht panisch und stieg aus. ˋPsst. Ganz ruhig, ich bin ja da. ´ Miron drehte sich um die Achse, konnte sie aber nirgends entdecken. Ein Rascheln ließ ihn herumfahren. „Guten Morgen!" Michaela strahle ihn fröhlich an. „Ich habe mir erlaubt, das Restgeld von Gestern, du weiß schon, vom Tanken, in Kaffee und Brötchen zu investieren. Dahinten ist eine kleine Tankstelle. Da können wir gleich auch noch einmal Tanken. Der Tank ist schon wieder zur Hälfte leer." Miron kratze sich am Kopf und schlug sich dann in die Büsche. „Ich komme gleich wieder." ˋMänner haben es gut, ´ dachte Michaela. ˋDie können überall wild pinkeln´. ˋDas habe ich gehört! ´ „Ist ja auch so" rief Michaela ihm laut hinterher. Hielt sich aber dann die Hand vor den Mund. Besser sie benutzten ihre Gabe, wie sie ihre telepathischen Fähigkeiten miteinander mittlerweile nannte. Man musste sie ja nicht unbedingt bemerken. ˋDa gebe ich Dir Recht` kam es aus dem Gebüsch. ´ ˋIch habe auch eine Zeitung mitgebracht. Du musst wohl noch berühmter sein, als ich dachte. Wieder das volle Titelblatt und 4 Seiten im Mittelteil. Alles Berichte und Fotos von dir. Ich wünschte ich könnte kyrillisch lesen…. man ist der fotogen. ´ `Danke für das Kompliment und das Gebüsch ist jetzt frei. ´ `Ich habe vorhin das WC in der Tankstelle benutzt und mich auch bisschen frisch gemacht. Aber vielen Dank. ´ Miron stapfte ihr wieder entgegen, schnappte sich einen Kaffeebecher vom Autodach und fischte sich ein Croissant aus der Tüte. `Dass es sowas hier in der Einöde gibt. Und eine Dusche wäre jetzt auch ganz schön. ´ Er biss herzhaft das Weichgebäck und sinnierte über die Vorteile der Telepathie beim Essen. `Michaela, ich habe mir was ausgedacht. Wir könnten unser Talent wunderbar an den Spieltischen im Casino nutzen. Ich spiele Karten und du schaust was meine Gegner auf der Hand haben und übermittelst es mir telepathisch. ´ Michaela lachte. `Ja, so siehst du aus. Wir könnten auch zu Slowenia got Talent gehen und als Mentalisten auftreten. ´ `Das ginge auch´ stimmte Miron ihr zu. `Ich

61

habe schon oft darüber nachgedacht, ´ teilte ihm Michaela mit, `dass es wirklich Menschen mit übersinnlichen Fähigkeiten geben kann´ sinnierte sie weiter. ` Das zeigt sich ja jetzt an uns Beiden. Telepathie, Telekinese, Hellsehen. Diese Menschen können in diesen Shows wirklich beeindrucken und die Zuschauer denken, da steckt irgendein logischer Trick dahinter. ´ Miron schaute sie komisch an. Ging dann aber nicht weiter auf das Thema, welches ihm immer noch nicht behagte, ein. `Warum hast du mich nicht geweckt? ´ Michaela legte den Kopf schief. `Du musstest dich ausruhen. Ich habe auch noch etwa eine Stunde geschlafen. Sie lehnten sich gegen die Autohaube und genossen ihr Frühstück und die Landschaft. `Miron, ich frage das ungern. Aber, sollte dir etwas zustoßen, oder wir getrennt werden, was soll ich dann tun? ´

Miron nahm einen Schluck Kaffee und genoss ihn Tropfen für Tropfen. `Dann, ´dachte er gedehnt: `fährst du mit meinem Benz zurück nach Moskau. Unter dem Sitz ist genug Bargeld für Benzin. Vladimir Putin sagte mir einst als wir uns in der Fernsehshow hinter den Kulissen trafen, wenn ich in großen Schwierigkeiten wäre, solle ich ins FSB fahren und nach Oberst Danilow fragen. Das Codewort lautet Capybara. Sag es niemandem außer Danilow.´ Michaela stand mit offenem Mund da. „ Das hat dir Präsident Putin persönlich gesagt?" entfuhr es ihr laut. Miron schob eine Erklärung nach: `Ich traf Präsident Putin vor ungefähr 6 Jahren. Die Castingshow: Die schönste Stimme Russlands, wurde gerade zum ersten Mal aufgenommen. Vorher gab es die Show, die weltweit auch in anderen Ländern produziert wird, bei uns noch nicht. Ich ruhte mich gerade in der Garderobe auf der Couch liegend aus, als sich die Tür öffnete und Präsident Putin eintrat, ohne Bodyguards und ohne Showleute. Ich erkannte ihn zuerst nicht und war etwas verärgert, weil die Person nicht angeklopft hatte, sondern einfach eintrat. Ich glaube ich habe ihn auch ein wenig angemault". Miron wurde rot ." Das war dann schon ein

Schock, als ich ihn erkannte. Wir waren ganz allein. Er begann mit Smalltalk. Er sagte mir, dass er unbedingt den talentierten aufstrebenden jungen Mann kennenlernen wollte, der für Russland einen großen international beachteten Musikwettbewerb gewonnen habe. Das habe der russischen Seele sehr gutgetan. Das durchweg positive und tröstende Lied habe ihm auch sehr gut gefallen. Er prophezeite mir eine steile Karriere. Er sagte sie würde durch die Show sicher noch mehr an Fahrt zunehmen. Aber, so sagte er, Berühmtheit berge auch Gefahren. Wenn man so im Mittelpunkt des öffentlichen Interesses stehe, könnte man das Interesse der falschen Leute wecken. Es könnte wohl viele Neider und dunkle Mächte auf den Plan rufen. Das mit den dunklen Mächten fand ich reichlich übertrieben. Das klang so nach Darth Vader. Aber er schaute mich dabei ganz ernst an. Und wer widerspricht schon seinem Staatsoberhaupt? Putin sagte, ich solle gut auf mich achten und meine Umgebung und die Menschen die meine Nähe suchen mit Bedacht auswählen. Und sollte mir jemals etwas komisch oder unheimlich vorkommen, solle ich mich an einen Oberst Michail Danilow beim FSB wenden und ihm das Codewort Capybara nennen. Er sagte auch, dass ich nicht nur mächtige Feinde, sondern auch mächtige Freunde hätte. Ich solle aber weder nach der einen, noch nach der Seite forschen. Dann ging er. Später sah ich ihn noch einmal hinter der Bühne mit meinen Kollegen und den Produzenten der Show zusammenstehen. Er schüttelte mir noch einmal kurz die Hand, tat aber ansonsten so, als ob wir uns nicht kennen würden. Ich war verwirrt, verstand die ganze Sache aber schließlich als Warnung und zog mich weitgehend, außerhalb des Showbizz, ins Private zurück. Ich absolvierte brav alle meine Termine, aber ich ließ privat kaum noch jemanden an mich heran. Weiß Du, es gibt Millionen von Menschen die mich lieben, aber es ist verdammt einsam auf der Höhe des Ruhms und ganz oben an der Spitze. ´

Michaela hatte seinen Gedanken gebannt gelauscht. `Oh Miron, ich wusste nicht, wie

65

einsam du bist. Man stellt sich das Leben eines Stars immer so glamourös, lebhaft, freudvoll und spannend vor. Aber da lassen wir Menschen uns wohl von den Klatschblättern täuschen. ´ Sie strich ihm tröstend über den Oberarm und meinte dann fassungslos: ` Präsident Vladimir Putin sagte DIR? Ist das nicht merkwürdig? ...Miron, wer bist du wirklich? ´ Miron schaute auf seine Füße. `Das wüsste ich selbst gerne. ´

Danilow erhält Informationen

Oberst Michail Danilow wanderte unruhig in seinem Büro auf und ab. Schukow war nach wie vor verschwunden. Er traute dem jungen Mann die Intelligenz zu, sich ausreichend zu schützen. Andererseits lebten ja gerade Künstler in ihrer eigenen Wohlfühlblase und ließen es an Misstrauen den Unredlichen gegenüber mangeln. Schuld daran war oft auch das Management, das alles Unangenehme von diesen kreativen Leuten fernhielt und sich um die alltäglichen Angelegenheiten ihrer Schützlinge kümmerte. Naja, dafür wurden sie andererseits ja auch bezahlt. Aber es machte diese Stars, gerade wenn sie in jungen Jahren schon berühmt geworden waren, auch sehr unselbstständig und abhängig. Hatte Schukow die Warnung damals verstanden, die er ihm vor Jahren durch die Blume, also durch seinen alten Kumpel Putin, hatte zukommen lassen? Hatte er Vorkehrungen getroffen? Es klopfte an der Tür und Wesselow trat ein. Herr Oberst, wir haben Zwetkow und seine Frau noch einmal befragt. Wir haben jetzt Informationen die Frau betreffend, die mit Schukow unterwegs ist. Danilow machte eine einladende Handbewegung und Wesselow setzte sich auf einen Stuhl. „Schießen sie los!". „Also, die Frau heißt Michaela Sattler, kommt aus Deutschland, ist selbstständig als Beraterin in der Pflegebranche tätig. Letzten Dienstag flog sie nach Moskau und stieg im Azimut Hotel ab. Das Hotel hat eine Preisklasse, welches sich diese Dame eigentlich wohl nicht leisten kann. Am selben Abend sprach sie

Zwetkow, der dort ein Gastspiel hatte, in der Bar an. Sie schwatzte ihm ein Konzept für eine Rockoper auf, die sie geschrieben haben will. Wie gesagt, sie arbeitet in der Pflegebranche und ist wohl keine Künstlerin. Zwetkow nahm sie mit zu sich nach Hause, wo sie dann auch in seinem Studio an besagtem Album arbeiteten. Am Samstag holte Zwetkow dann Schukow dazu und machte die beiden mit einander bekannt. Und jetzt kommt es. Am späten Abend rannten beide kurz nacheinander aus dem Haus in Richtung See. Sattler habe Zwetkow berichtet, alleine am See spazieren gegangen zu sein und Schukow habe behauptet die Sattler auf der Straße gesucht aber nicht gefunden zu haben."

Danilow hatte sich die Geschichte mit hinter dem Rücken verschränkten Händen, am Fenster stehend angehört. Wesselow sah seinen Chef im Profil und wie er mit den Kiefern mahlte. Ein untrügliches Zeichen, dass etwas in ihm arbeitete. „Dass Schukow am See war, wussten wir ohnehin durch die Genspuren. Von der Frau haben wir nichts

gefunden?" „Leider nicht Herr Oberst."
„Wie ging es danach weiter, was hatte
Zwetkow noch zu berichten?" „Sie waren
wohl um die 2 Stunden weg und sind
danach zusammen ins Haus zurückgekehrt.
Sie haben wohl in getrennten Zimmern
geschlafen. Am nächsten Tag hätten alle
zusammen ausgiebig gefrühstückt. Schukow
und die Sattler seien dabei wohl sehr
schweigsam gewesen. Anschließend hätten
sie bis zum Abend im Studio weiter an dem
Musikalbum gearbeitet. Abends seien dann
Schukow und die Sattler zusammen in
seinem Mercedes Benz nach Moskau
gefahren. Sie wollten wohl in seine
Stadtwohnung, wo sie aber bis jetzt noch
nicht aufgetaucht sind." „Eine Ortung des
Wagens ist nicht möglich?" „Bislang nein.
Das Handy lässt Schukow aus oder er hat es,
aus welchen Gründen auch immer, nicht
mehr." „Kreditkarten?" „Wurden keine
benutzt Herr Oberst. Wenn sie noch in
Freiheit sind und leben, müssen sie wohl
früher oder später tanken und auch etwas
essen und trinken. Jeder hinterlässt Spuren
in dieser digitalisierten Welt." „Haben sie

noch weitere Informationen zu dem Fall Wesselow?" „Nein Herr Oberst, weitere Informationen liegen mir noch nicht vor." „Danke, sie können dann gehen." Wesselow zögerte. „Geben sie uns neue Instruktionen Herr Oberst?" „Nein, jetzt nicht. Sie können gehen." Wesselow runzelte die Stirn. „Herr Oberst, wenn ich einen Vorschlag machen darf. Ich würde gerne nach Isborsk fahren und dort etwas nachforschen. Fillipows Angaben führen dorthin. Vielleicht können wir die Beiden ja dort aufspüren." Michail Danilow dachte einen Moment nach und schaute Wesselow dabei durchdringend an. Dann räusperte er sich. „Wesselow, dass ist eine gute Idee. Nehmen Sie sich zwei Männer mit und informieren Sie mich über jeden Fortschritt." Wesselow strahlte. „Jawohl Herr Oberst!". Dann ging er zügig zur Tür und verließ den Raum. Danilow schnaufte tief durch. Dann setzte er sich wieder an seinen Schreibtisch, machte eine Eingabe in seinen Computer und studierte den Inhalt der aufgerufenen Seite. Er griff entschlossen zum Telefon.

„Vladimir, Du hattest Recht und ich habe Scheiße gebaut. Wir müssen wieder den Kontakt mit ihnen aufnehmen. Du weißt schon wen ich meine. Projekt Lichtfunken muss jetzt starten. Deckst du mir ein letztes Mal den Rücken?" Er lauschte seinem alten Freund. „Ok, ich tue was ich kann. Ich glaube es wird ernst. Darf ich vom Plan abweichen und improvisieren, falls das erforderlich ist?" Wieder hörte er konzentriert über die abhörsichere Leitung zu. „Ok, ich tue was ich kann und halte dich auf dem Laufenden."

Das Licht ist in Dir

Miron Schukow setzte sich wieder hinter das Steuerrad und lenkte den Wagen auf die Fahrbahn. Nach wenigen Kilometern stellte er erfreut fest, dass sie schon fast am Ziel waren. Michaela war doch weitergefahren, als sie sollte. Respekt. Er fühlte sich ausgeruht und in Sicherheit, wenngleich er immer noch nicht wusste, wovor er eigentlich davonlief. Und seine Karriere war

71

sie in Gefahr? Oder legte er es sogar darauf an? Er könnte Akim Orlow, seinen Manager anrufen und Entwarnung geben. Aber irgendwie hatte er auf die nachfolgenden Diskussionen keine Lust. Machte er sich strafbar, wenn er die Medien und die Polizei weiter glauben ließ, dass er verschollen oder entführt worden sei? Oder war in gewisser Weise nicht auch verschollen? Miron hatte keine Ahnung warum er nach Isborsk wollte. Vielleicht war es das verloren gegangene Gefühl der Geborgenheit, dass er stets bei seinen Großeltern empfunden hatte, bei denen er aufgewachsen war. Seine Eltern waren früh verstorben. Auch an seine Großmutter hatte er eigentlich keine Erinnerungen, weil sie auch früh gestorben war. Aber sein Großvater hatte ihm die Liebe gleich dreifach gegeben. Er hatte auch die Liebe zur Musik in ihm geweckt und ihm das Gitarre spielen beigebracht. Auch hatte sein Großvater Gesangs, Akkordeon und Keyboard – Unterricht ermöglicht. Er bewunderte den alten Mann, der als einfacher Farmer ihrer beider Lebensunterhalt bestritt. Er, Miron hatte, dass immer als selbstverständlich hingenommen. Nun, als Kind machte man sich über so etwas keine Gedanken und es fehlte ihm nie an Irgendetwas. Nicht einmal seine Eltern hatte er vermisst. So sehr hatte der Großvater auch diese zu ersetzen verstanden. Wenn er jetzt genau darüber nachdachte, war es schon irgendwie komisch, dass es im Hause Schukow niemals irgendwelche finanziellen Engpässe gab. Miron schüttelte den Gedanken ab. Vielleicht hatte der Großvater ja auch etwas Geld geerbt von dem Miron nichts wusste. Miron warf einen Blick auf Michaela, die die ganze Zeit schon still seine Fotos in der Zeitung studierte. Und ihren Gedanken konnte er entnehmen, dass ihr wohl gefiel was sie sah. Er schmunzelte. Anscheinend konnte sie seine Gedanken nicht lesen, wenn sie selbst intensiv in Gedanken versunken war. Außerdem hatte er einen Weg gefunden, seine wahren Gedanken mit Nichtigkeiten zu überlagern. Aber das war auf Dauer auch zu anstrengend. `Darüber habe ich auch schon nachgedacht´ kam es von Michaela, die dabei weiterhin ein Foto

73

von ihm, wo er mit nacktem Oberkörper posierte, studierte. Er nahm es wohlwollend zur Kenntnis. Ihre Gedanken schmeichelten ihm. Ja, auf seinen Körper konnte er wirklich stolz sein. Den hatte er durch Krafttraining gut geformt. `Gutes Aussehen aber macht den Menschen nicht alleine aus. ´ wurde er sofort von Michaela belehrt. `Was nützt mir denn ein wunderschöner reifer roter Apfel, wenn er innen drin wurmstichig und verfault ist. ´ Miron holte entrüstet Luft. `Damit meine ich ja jetzt nicht dich Miron, es ist nur ein Beispiel. Auf die Seele und den Geist kommt es an, nicht auf die Hülle. Der Körper ist ja praktisch das Kleidungsstück, das Gewand der Seele´. Miron betrachtete sich kurz im Rückspiegel. Sein Bart musste unbedingt gestutzt werden. Unter den Augen zeigten sich dunkle Ringe der Erschöpfung, die sich nun doch wieder in ihm ausbreitete. Wo war es denn nun, dass Licht? `Das Licht ist immer noch in dir, auch wenn du es gerade nicht spürst. ´ `Und du Michaela? Spürst du denn das Licht in dir? ´ Michaela schüttelte langsam den Kopf. Dann ließ sie die Zeitung sinken und setzte sich so gerade wie möglich im Sitz zurecht. Dann konzentrierte sie sich intensiv auf ihr Brustbein und stellte sich eine rechtsdrehende Spirale darin vor. Zunächst zögerlich, dann immer schneller rotierte die Spirale in ihrer Brust. Ein warmes leicht kribbelndes Gefühl breitete sich immer mehr vom Brustkorb ausgehend in ihrem Körper aus. Es kam ihr vor, als befände sie sich in einer riesigen wogenden Blase. Das verursachte ein intensives Gefühl des Wohlbefindens und der Ruhe. Ihre Hände kribbelten intensiver. Die Zeitung rutschte von ihrem Schoß in den Fußraum. Miron fuhr an den Straßenrand und betrachtete sie fasziniert. Ein hell goldenes Licht erhellte den Innenraum des Wagens. Er linste durch die Frontscheibe, konnte aber die Sonne am bewölkten Himmel nicht entdecken. Das Licht, es ging wohl von Michaela aus. Dann zog es sich plötzlich vollständig in Michaela zurück. „Wow!" rief er. Sie erschrak und zuckte zusammen ob seiner Stimme, die sie lange nicht mehr gehört hatte. „Ich habe es gesehen. Das Licht, das goldene Licht. Es kam aus dir. Schemenhaft, aber es kam aus dir und ging in dich zurück." „Ich habe nur das Kribbeln gespürt und es war totale Stille. Ich hörte und dachte gar nichts." Michaela atmete tief ein und wieder aus. „Da waren Informationen, die strömten wie ein Wasserfall auf mich ein. Aber ich konnte sie nicht festhalten und sortieren. Ich habe aber das Gefühl, dass ich die richtigen Informationen zur rechten Zeit abrufen kann." Miron nickte. „Da könnte etwas dran sein. Jetzt glaube ich diese Lichtgeschichte. Ich kann ja schlecht leugnen, was ich mit eigenen Augen gesehen habe." Er legte die Stirn auf dem Lenkrad ab und flüsterte: „Habe ich dieses Licht wohl doch auch in mir?" „Aber natürlich hast du das. Du hast doch auch eine Seele. Das habe ich dir von Anfang an gesagt. Und damit fing ja auch alles an. Denke doch nur mal an unsere Gabe der Telepathie." Mirpon seufzte. Dann startete er den Wagen erneut und lenkte ihn auf die schmaler werdende Landstraße. Michaela bemerkte, dass die Gegend immer ländlicher wurde. `Das Haus deines Großvaters, steht das jetzt leer?" `Jepp, schon seit Jahren. Ein entfernt wohnender

76

Nachbar schaut immer mal vorbei, lüftet und hält alles in Schuss. Dafür schicke ich ihm dann ein paar Rubel und Autogramme für seine Enkelinnen. Aber jetzt sollten wir da einige Zeit allein und unbeobachtet sein. ´ `Dann sollten wir wohl noch etwas einkaufen gehen? ´ „Eine gute Idee. Beim nächsten Supermarkt halten wir an. ´ Und der kam dann auch zügig. Miron lenkte den Wagen auf den Parkplatz und drückte Michaela ein Bündel Geldscheine in die Hand. `Du gehst wohl besser allein einkaufen. Ich hoffe es erkennt mich hier niemand im Wagen. ´ Michaela bückte sich und fischte die Zeitung aus dem Fußraum. `Hier, du kannst dich ja eine Weile selbst anschauen. ´ Miron entfaltete die Zeitung drapierte sie so vor sich, dass man sein Gesicht von außen keinesfalls erkennen konnte. Das Bild seines Managers fiel ihm sofort ins Auge, der laut Überschrift die Entführung seines Schützlings beklagte. ´Und, was hast du bisher unternommen, außer den Zeitungen Interviews zu geben? ´ dachte Miron sarkastisch und schaute kurz Michaela hinterher, die sich gerade einen

77

Einkaufswagen schnappte und im Kaufhaus verschwand. Sie ließ sich wahrlich Zeit.

`Wenn Frauen shoppen gehen,´ dachte er ironisch. `Ich hätte ihr nicht so viel Geld mitgeben sollen. Mmh. Oh Mann, hoffentlich bringt sie mir frische Unterhosen mit. Ich habe ja gar keine Klamotten zum Wechseln.´ dachte er dann erschrocken und schaute sehnsüchtig zum Einkaufscenter hinüber. Zu gerne wäre er jetzt selbst hinein gegangen. Er traute sich aber dann doch nicht. Die Zeitung hatte er fast durchgelesen, als Michaela ans Fenster klopfte und er von innen die Hecktür öffnete. Sie packte einige Tüten in den Kofferraum und brachte schnell den Einkaufswagen zurück. `Ich stand schon an der Kasse an, als du mir das mit den Klamotten mitgeteilt hast. Da musste ich noch mal zurück in den Laden.´ berichtete Michaela. `Ganz schön praktisch diese Telepathie´ dachte Miron anerkennend und lenkte den Wagen vom Parkplatz. Nach einer halben Stunde bog er in einen Feldweg ein und nach ca. 3 Kilometern parkte er vor einem kleinen windschiefen, etwas verbauten Haus. Miron durchsuchte seinen Schlüsselbund, fand schließlich den richtigen Schlüssel und schloss die Haustür mit einem Quietschen auf.

Ein wirklich frecher Kerl

Miron und Michaela gingen sachte in das kleine aber feine Haus. Miron betätigte den Lichtschalter. `Ah, Strom haben wir also. Dann haben wir auch Warmwasser und können uns duschen und später auch etwas kochen."

Michaela ging durch die kargen, aber wohnlich eingerichteten Räume. Miron brachte die Taschen in die Küche. Sie folgte ihm und fischte das Duschgel und das Haarshampoo heraus.

´Hast du hier auch Handtücher? ´ `DIe werden wohl etwas muffig riechen. Aber es wird schon gehen. Ich bringe sie dir gleich. Ich heize nur kurz den Ofen ein. Dann haben wir es nachher schön behaglich. ´ Er ging in die Stube, legte Papier und kleine Holzspäne in den Kachelofen und darauf etwas größere Holzscheite. Er entfachte das Feuer mit einem alten Fidibus, den schon sein Großvater immer benutzt hatte. Er betrachtete ihn melancholisch. Großvater, du fehlst mir. Dachte er traurig. Die Flammen ergriffen Besitz von den Spänen und leckten bereits an den Scheiten. Miron starrte hypnotisch in die Flammen und entgleiste in einen meditativen Zustand.

Michaela fand das Badezimmer, welches für das alte Haus recht modern eingerichtet war. Sie fand eine ebenerdige geräumige Dusche vor. Sie stellte das Duschgel und das Haarshampoo auf einen kleinen Schemel in der Nähe, entkleidete sich und stellte sich unter die Dusche. Sie genoss das warme Wasser und entspannte sich umgehend. Endlich hatten sie einen geschützten Ort und konnten in Ruhe über ihre Lage nachdenken. Sie schäumte ihre rückenlangen Haare mit dem Shampoo ein, ließ es kurz einwirken und spülte es wieder aus. Sie dreht sich um, um das Duschgel vom Schemel zu nehmen und erschrak. Neben ihr stand Miron der versuchte ein paar Wassertropfen für sich zu ergattern. `Was tust du hier Miron? ´ `Duschen! ´ Ihr Blick glitt über seine Brust. `Nackt? ´ Er grinste: ´Beim Duschen immer! ´ `Geh sofort raus! ´ forderte sie ihn auf. Er stemmte die Hände in seine Hüften. `Hör mal, wir haben unsere Energie und unser Licht am See geteilt. Da ist gemeinsames Duschen ja wohl noch das geringste Übel. Komm dreh dich um, ich schäume deinen Rücken ein. ´ Michaela überlegte kurz, gab sich selbst einen Klecks Duschgel in die Hand, drückte ihm dann die Flasche in die Hand und drehte sich um. Sie schäumte ihren Oberkörper und ihren Schritt ein, während Miron ihren Rücken mit dem Gel einrieb. Zunächst recht großflächig, dann ließ er seine Finger in immer kleiner werdenden Zirkeln über ihren Rücken kreisen. Er fand dort viele kleine Sommersprossen vor, die ihm wie Sternbilder vorkamen. Wieder geriet er in diesen meditativen Zustand. Seine Hände glitten seitlich neben seinen

81

Oberkörper. Michaela vermisste sofort seine Nähe, als seine Finger von ihrem Rücken glitten. Sie drehte sich langsam um und sah, dass er ins Leere starrte. Dann klimperten seine Augen und er blickte direkt in Ihre. `Ich weiß jetzt was du vorhin meintest, mit dem Informationsfluss. Ich hatte das gerade zum zweiten Mal. Aber ich kann mich nicht an etwas Spezielles erinnern. ´ Sie standen sich gegenüber. Michaela schaute auf seinen nackten Oberkörper, den sie so schon von den Fotos aus der Zeitung kannte und der ihr in Natura noch viel schöner vorkam. Dann ließ sie ihren Blick tiefer hin zu seiner Männlichkeit gleiten. `Nett´ dachte sie. `Nett? ´ ereiferte sich Miron sofort. `Warte mal, bis der richtig ausgefahren ist! ´ `Lass mal Miron´ erwiderte Michaela. `Ich finde dich nur seelisch anziehend, nicht körperlich, obwohl du verdammt gut aussiehst. ´ Miron plusterte die Backen auf. `Das ist ja schon wieder so eine Frauensache. Sowas versteht doch kein Mann! ´ Michaela stellte sich breitbeinig vor ihn hin und stemmte ihre Hände in die Hüften. `Findest DU mich denn sexuell

82

attraktiv? ´ Sie wusste das sie mit dem Feuer spielte. Miron taxierte ihren Körper von oben bis unten und Michaela fixierte ihren Blick auf seine Körpermitte, wo sich nicht sonderlich viel abspielte. `Siehst Du? ´ Miron schürzte die Lippen und lutschte von innen mit der Zunge an seinen Zähnen. War er plötzlich impotent geworden? `Und dass! ´ Bemerkte Michaela, `ist eine Männersache die Frauen nicht verstehen. Es geht bei uns nicht immer um Potenz! ´ `Ein Mann´ dachte Miron gedehnt, `braucht keine Potenz, solange er eine Zunge und gesunde Finger hat. ´ Guter Konter. Michaela wurde rot bis in die Haarspitzen. Sie entdeckte einen Stapel Badetücher auf dem Schemel, schnappte sich zwei und verließ damit fluchtartig das Badezimmer. Nass wie sie war, öffnete sie einige Türen und fand ein Schlafzimmer mit einem Einzelbett aus stabilem Holz, das wie selbstgebaut, aussah. An den Wänden hingen viele Bilderrahmen. Schnell trocknete sie sich ab und während sie sich die Haare trocken rubbelte, betrachtete sie die Urkunden und Bilder, die an den Wänden hingen. Leider konnte sie die kyrillische Schrift nicht entziffern. Auch Zeitungsausschnitte, die den jungen Miron auf einer Schulbühne zeigte, entdeckte sie. Eine große schwarz-weiß-Fotografie zeigte ein junges Paar im Profil, das sich verliebt anschaute. Der Mann trug eine Militäruniform und sie ein Kostüm mit Rüschenbluse. Es kam ihr bekannt vor. Aber sie hatte in ihrem Leben als Pflegeberaterin schon viele solcher Bilder bei den Senioren gesehen. „Das sind meine Eltern" hörte sie eine kratzige Stimme hinter sich. Sie schaute Miron ins Gesicht und dann wieder das Bild an. Miron hatte sich bereits ein T-Shirt und eine der Unterhosen angezogen, die sie ihm aus dem Einkaufszentrum mitgebracht hatte. Sie selbst war immer noch nackt. Sie lief in die Küche und bemerkte, dass Miron vorhin auch noch ihre Reisetasche aus dem Auto geholt haben musste. Sie zog sich an Ort und Stelle einen Slip und ein T-Shirt an. Dann schaute sie sich in der Küche um. Sie fand einen Herd mit zwei Kochplatten sowie einen großen und einen kleinen Topf. Sie setzte den großen Topf mit Wasser auf und holte eine Flasche Ketchup aus einer der

Einkaufstaschen. Heute würde es einfache Kost geben. Aber sie hatten beide einen Mordshunger.

Derweil in Innererde

`Sie sind hier! Genau über uns!´ Mediana le Fleur rieb sich sanft die Schläfen. `Und unser alter Feind, er ist hinter ihnen her. Wie sollen wir uns verhalten?´

Timko Deena wiegte seinen Kopf. `Mediana, ich weiß was in dir vorgeht. Aber wir haben damals versprochen, uns nicht mehr ungefragt einzumischen, außer bei unkontrollierbaren und zerstörerischen Vorgängen die Erde betreffend. Wir sollten abwarten was geschieht.´

`Aber sie sind wie Kinder. Sie sind unwissend und erahnen die Gefahr nicht, in der sie schweben.´ erwiderte le Fleur. `Manchmal´ antwortete Timko, sind Kinder klüger und kreativer als die Erwachsenen denken.

Lassen wir ihnen die Zeit die sie brauchen, um herauszufinden, wer und was sie sind. Zudem ist der Oberst informiert. Er wird alles Notwendige in die Wege leiten. ´ `Du bist mit dem Oberst in Kontakt? ´ Le Fleur schaute ihn überrascht an. `Nun sagen wir mal so, Kontakt ist das falsche Wort. Ich habe mich in seine Gedanken gehackt. ´ `Und er hat es nicht bemerkt? ´ Bewunderung spiegelte sich in Mediana le Fleurs Augen wieder. Timko grinste verschmitzt.

Ein menschenfressender Baum

Michaela und Miron hatten am Abend zuvor Spaghetti mit Ketchup und Salat gegessen und es war ihnen wie ein Festmahl vorgekommen. Sie hatten lange am warmen Ofen gesessen und sich über ihre Situation unterhalten. Aber sie waren zu keinem befriedigenden Ergebnis gekommen. Miron hatte lange geschlafen. Und als er aufstand, fand er Michaela im Garten vor. Sie stand, das Gesicht zur Sonne gerichtet, ganz still und atmete ruhig ein und aus. Er hatte sie eine Weile beobachtet und es ihr dann gleichgetan. Er erlebte dabei eine wunderbare Mediation mit der Sonne. Es schien, als wollte sich ihre Energie mit ihm verbinden und ihn trösten. Er fühlte sich positiv aufgeladen, auch wenn die Meditation sich zeitlich nur kurz angefühlt hatte. Sie hatten dann zusammen gefrühstückt und danach war Miron ein Stück den Feldweg hinaufgelaufen. Er setzte sich auf einen Felsen um in Ruhe noch einmal über alles nachzudenken. Irgendetwas hatte er übersehen. Was nur hatte er falsch gemacht? Warum war man nun hinter ihm her? Als Putin ihm damals die Warnung zukommen ließ, wurde ihm klar, dass er offensichtlich beobachtet wurde. Und er nahm sich die Warnung zu Herzen. Keine Drogen mehr, keine Orgien, keine verbalen Ausfälle. Einzig, dass er besoffen Auto gefahren war, konnte man ihm vorwerfen. Aber damit war er damals glimpflich davongekommen und er hatte sich noch mehr zusammengerissen. Zudem schirmte er sein Privatleben streng ab und

87

versuchte zwischen beruflichem und privatem zu trennen. Darum hatte er auch nicht viel Kontakt zu Kollegen aus dem Showbizz und hielt sich von Politikern und vor allem von deren Töchtern fern, die ihm immer mal wieder zugeführt wurden. Er ließ die letzten Wochen und Monate Revue passieren. War er irgendjemandem auf den Schlips getreten? Ihm fiel beim besten Willen nichts ein. Aber Menschen konnten ja komisch sein und vielleicht hatte jemand etwas falsch verstanden? Und Michaela. Was war mit ihr? Er mochte sie sehr. Er wollte sie am liebsten immerzu an sich drücken und umarmen. Er liebte es mit ihr zu streiten. Aber erotisierend wirkte sie nicht auf ihn. So eine Beziehung hatte er auch noch nie geführt. Und dann diese Lichtsache und die Gedankenübertragungen zwischen ihnen. Warum sie? Das machte doch keinen Sinn. Und das brauchte er dringend, einen Sinn. Er war ein Star, hielt sich seit 15 Jahren ganz oben am russischen Pophimmel, hatte alle Preise abgesahnt, die man abräumen konnte und er war auch international nicht unbekannt. Aber füllte ihn das wirklich aus? Früher hatte es ihm geschmeichelt, wenn ihm die Mädchen zu Füßen lagen und sich die weniger bekannten B- und C- Promis in seinem Licht sonnen wollten, um selbst auch ein wenig Glanz abzubekommen. Heute fand er alles was mit dem Ruhm zu tun hatte nur noch oberflächlich. Aber war er selbst nicht auch oberflächlich, wenn er sich strikt weigerte, sich mit den Dingen zwischen Himmel und Erde zu beschäftigen. Er hatte Michaela sehr albern gefunden als sie am Samstag von dem inneren Licht geredet hatte. Jetzt hatte er am eigenen Leib erfahren, dass es unerklärliches zwischen Himmel und Erde gab. Und das war sicher nur ein Bruchteil von dem, was vielleicht möglich war. Er würde jetzt gerne darüber im Internet recherchieren. Aber er traute sich nicht sein Handy anzuschalten. Sicher gab es hier in der Einöde auch gar kein Netz und hier in der Gegend gab es auch keine Internet-Cafés. Ach ja, und dann war da ja noch die Sache mit dem Ruhm. Jeder in Russland bis in die letzte Ecke Sibiriens kannte ihn. Er konnte nicht einfach in einen Laden gehen und sich einen Coffee to go holen oder sich einfach in ein Internet-Café setzen. Er sah hinauf zur hochstehenden Sonne. `Sonne, hast du etwas zu tun mit dem Licht? Mit meinem Licht? Ich habe vorhin gespürt, wie du meine Seele erhellt hast. Wer hat dich an den Himmel gesetzt? Ohne dich gäbe es kein Leben auf der Erde. Fast jedes Leben braucht Licht und Wärme. ´ Er strich mit den Fingern über die Spitzen der Grashalme. Auch Gras hatte Leben in sich. Er hatte noch nie darüber nachgedacht. Michaela half kranken und alten Menschen, wie sie ihm erzählt hatte. Um wie viel wichtiger und nützlicher war ihr Leben im Gegensatz zu seinem oberflächlichen Dasein? Er hing seinen trüben Gedanken nach. Seine Hände vibrierten plötzlich. Er schaute sie an, konnte aber nichts Ungewöhnliches an ihnen feststellen. Dann spürte er ein kreiseln hinter seinem Brustbein. Ein Kribbeln und spiralförmiges rechtsdrehendes rotieren. Was bedeutet das? `Gefahr! ´ rief eine weibliche Stimme in seinem Kopf, die nicht von Michaela

stammte. `Gefahr! Miron, verschwinde! ´
Die Frau kannte seinen Namen. Er sprang
auf und wollte den Feldweg zurück zum
Haus rennen, sah dann aber wie sich in der
Ferne ein Fahrzeug näherte. Er bewegte sich
nach hinten und zog sich ins Unterholz
zurück. Er lehnte sich an einen großen,
dicken Baum und versuchte etwas zwischen
den Ästen des davorstehenden Gebüsches
hindurch zu erkennen. Ein Jeep näherte
sich. Miron ging einen Schritt zurück. Nun
vibrierte sein ganzer Körper. Es war, als ob
sich seine Zellen unendlich weiteten. Der
Baum öffnete sich und er fand sich in einem
Ball wie aus Gel wieder. Er wollte sofort
wieder hinaustreten, was ihm aber nicht
möglich war. Der Gel -ball schien sich um
sich selbst zu drehen und in die Tiefe zu
stürzen. Aber Miron stand in der Mitte wie
ein Fels in der Brandung. Was ging hier vor?

Eine eindringliche Warnung

Michaela wartete seit Stunden. Miron kam
nicht zurück. Plötzlich fühlte sie sich

unsicher und ängstlich in dem fremden Haus. Sie versuchte gedanklich mit Miron Kontakt aufzunehmen. Aber da kam nichts. War er außerhalb ihrer Reichweite? Oder war er sogar tot? Sie mochte es sich nicht ausmalen. Was sollte sie tun, hier weiter warten? Zur Polizei gehen und sein Verschwinden vom Verschwinden melden damit eine Suchaktion gestartet werden konnte? Sie stand unschlüssig in der Küche, als sie auf dem Tisch den Schlüsselbund entdeckte und in die Hand nahm. Dann, endlich, vernahm sie eine Stimme. `Verschwinde, schnell, du bist in Gefahr! ´ Es war eine weibliche Stimme. In ihrem Kopf. Konnte sie ihr trauen? Was war hier nur los? `Wer bist du? ´ fragte sie nach. `Schnell, vertrau mir, verschwinde von diesem Ort. Tu was Miron dir gestern gesagt hat. ´. Dann war Stille in ihrem Kopf. Michaela fasste einen Entschluss. Sie ließ alles stehen und liegen und hastete zum Schuppen in dem Miron den Mercedes versteckt hatte. Sie fuhr los. Nur wohin? Miron war etwas zugestoßen. Lebte er noch? Panik breitete sich in ihr aus. Die weibliche Stimme in ihrem Kopf wusste von ihrer Abmachung, von dem Plan. Sie konnte es doch nur von Miron wissen oder? Miron war ohne Navigationsgerät nach Isborsk gefahren. Er kannte den Weg. Wie konnte man dieses Navigationsgerät bloß aktivieren? Verdammte Technik! Sie kannte dieses Auto nicht wirklich. Und den Tank musste sie auch bald wieder füllen. Das hatten sie dann gestern leider doch nicht mehr getan, weil sie schon fast in Isborsk waren. Wäre sie doch bloß nicht so schnell davongelaufen, sondern hätte noch Getränke und ihre Reisetasche mitgenommen. Sie fasste unter den Sitz und fand die Tasche mit dem Geld und eine Schusswaffe!

Ein misslauniger Verfolger

Oleg Wesselow war unzufrieden. Sie hatten Miron Schukow in der Einöde aufgespürt und ihn dann gleich wieder an den Feind verloren. Er hätte damit rechnen müssen. Warum nur hatte er keine Vorkehrungen getroffen. Er hatte sich die Sache leichter vorgestellt und mit der Naivität Schukows gerechnet. Aber nun war ihm dieser durch die Lappen gegangen. Na dann musste er sich halt an Michaela Sattler halten. Über die würde er Schukow schon erreichen und damit Zugang zur Unterwelt erhalten. Darauf würde er bestehen. Diesmal ließ er sich nicht wieder austricksen, wie damals vor 35 Jahren. Das Glück war ihm obendrein noch hold gewesen. Auf dem Rückzug fuhr doch tatsächlich der Mercedes von Schukow direkt vor ihm auf die Fahrbahn und hielt schnurstracks auf Pskow zu. Die Sattler saß am Steuer. Er blieb ihr auf den Fersen. Sie durfte Pskow nicht verlassen. Denn dort hatte er ein Geheimquartier, wo er sie wundervoll verhören konnte. Er blieb auf Abstand und folgte ihr unauffällig.

Eine wundersame Welt

Miron erwartete den Aufprall. Es kam ihm vor, als würde er hunderte von Metern fallen. Allerdings kam ihm die Fallgeschwindigkeit nicht allzu schnell vor, was ihn doch sehr verwunderte. Es kam ihm sogar so vor, als ob sich sein Fall verlangsamte. Dann war ihm, als ob er direkt durch die gallertartige Wand schwebte und schon sah er ein sanftes Licht. Er fühlte sich dennoch geblendet und kniff die Augen zu. Er spürte Boden unter den Füßen und taumelte, ob der plötzlichen Festigkeit. Er öffnete wieder die Augen und sah sich um. Erstaunlicherweise sah er helle Flure von denen Gänge abgingen. Es liefen hier Leute jedweder Rasse geschäftig umher. Darunter waren Wesen mit blauer, gelber, orangener, brauner und schwarzer Haut, Wesen mit 12 Fingern, mit 6 Fingern. Er sah sogar ein Wesen auf zwei Beinen mit Flügeln und Federn statt Haaren. Auch einige wenige normale Menschen schienen sich hier gut auszukennen. Er ging ein Stück und kam an eine Art Terrasse. Er sah einen wundervoll angelegten Garten mit Blumen und Gräsern einer Art, die er noch nie im Leben gesehen hatte und deren Duft ihm lieblich in die Nase stieg. So etwas hatte er noch nie gerochen und gesehen. Er ging ein paar Schritte hinaus und streckte die Hand nach einer lotusförmigen blauen Blume aus. `Bitte nicht pflücken Miron! Die Pflanzen wollen auch gerne leben und uns zur Freude existieren. ´ Miron erschrak ob der sanften fremden Stimme in seinem Kopf und drehte sich hastig um. Er sah ein wundervolles blauhäutiges weibliches, fast menschlich aussehendes Wesen, das ihn aus großen violettfarbenen Augen, die von langen Wimpern umrahmt waren, milde ansah. Er war fasziniert. `Es tut mir leid Miron, dass ich dich so plötzlich, ohne Vorwarnung, herunterholen musste. Das wird dem Rat sicher nicht gefallen. ´ Miron stutzte. `Wo bin ich hier und welcher Rat? ´ Sie kam näher und strich ihm sanft über den Oberarm. Er erschauerte ob der lieblichen Energie die von ihr ausging. `Und wieso kennst du meinen Namen? ´ Das Mädchen lächelte. `Miron, ich bin Mediana le Fleur. Du befindest dich hier in Innererde, dass ist eine Welt weit unter der Erdoberfläche wie du sie kennst. Und der Rat besteht aus 6 Frauen und 6 Männern. Sie beraten stets weise darüber, was gut für Innererde ist und stehen für unseren Schutz und unser Wohl ein. ´ Miron riss die Augen auf. `Innererde? Was ist denn das für ein Land? Und was sind das für merkwürdige Wesen die hier umhergehen? ´ Mediana fasste ihn am Arm und führte ihn in den Gang zurück von wo er vorher gekommen war. Er ließ es geschehen und folgte ihr in einen anderen Trakt des Gebäudes. Von dort traten sie auf eine Art Terrasse, an die auch ein wunderschöner, diesmal andersartiger Garten grenzte. Sie führte ihn an einem kristallinen Springbrunnen vorbei, ging auf eine Sitzgruppe aus felsigem Gestein zu, setzte sich hin und klopfte mit der Hand neben sich. Miron setzte sich ebenfalls und blickte sich staunend wie ein Kind, das zum ersten Mal einen bunten Luftballon sieht, um. `Miron´ hörte er wieder in seinem Kopf. `Du hast viel durchgemacht, nicht nur in letzter Zeit, sondern schon dein ganzes Leben lang. Dir wurde viel zugemutet und jetzt muss ich dir noch viel mehr zumuten. Du hast immer Stärke bewiesen. Du warst einsam und bist es noch. Ich kann dir die Last nicht aus deinem Herzen nehmen. Aber ich kann dir vieles erklären, was dir

97

vielleicht dein Leben im Nachhinein leichter macht. Nur, alles darf ich dir auch noch nicht erklären. Da ist der Rat und da sind alte Abmachungen davor.´ Miron fühlte ihre Worte intensiv, jedoch verweigerte er sich ihnen jedoch innerlich. Noch. Wieso kannte diese junge Frau so viele Details aus seinem Leben? Und wieso konnte sie sich telepathisch mit ihm unterhalten? Mediana le Fleur fuhr fort: `Du befindest dich hier in Innererde. Das ist eine Welt in eurer Welt. Unter eurer Erde praktisch. Wir haben hier Wohnungen und Gärten. Die Innererde erstreckt sich unter der Erde fast so wie eure Kontinente. Einiges liegt auch unter euren Ozeanen und Meeren. Wir kommunizieren fast ausschließlich telepathisch, außer mit den Menschen von Obererde. Die können meistens keine Teleapathie.´ `Du redest mit mir telepathisch und ich bin ein Mensch von Obererde´ erwiderte Miron. `Du kannst Telepathie´ erwiderte le Fleur und senkte etwas beschämt den Kopf. `Aber erst seit ein paar Tagen´ warf Miron ein. `Ich weiß´ antwortete Le Fleur. `Woher? Warum weißt du so viel über mich? ´ Mediana le Fleur erhob sich und ging ein paar Schritte zum Springbrunnen fuhr mit der Hand durch das träge kristalline Wasser und drehte sich langsam wieder zu ihm um. `Ich muss dich enttäuschen. Das darf ich dir nicht verraten. Noch nicht. Ich bekomme ohnehin wohl Ärger, weil ich dich heruntergeholt habe. Ich darf dir aber einiges über Innererde erzählen. ´ Miron schüttelte verärgert und enttäuscht zugleich den Kopf. `Nun gut, so was war für mich immer unvorstellbar. Leben unter der Erde. Michaela, die wäre begeistert. Die beschäftigt sich mit so was. Aber für mich ist das alle neu und es überfordert mich auch so langsam. Ich habe auf der Erde schon genug Probleme. Da brauche ich sie nicht auch noch von unter der Erde. ´ Mediana ging zu Miron hinüber und legte ihre Hände auf seine Schultern. Ein wohliges Gefühl des Friedens durchfuhr ihn. Umgehend setzte wieder das vibrieren in selner Herzgegend ein. Seine Gedanken traten zurück und er konnte die Herzensliebe, die sie ihm übertrug zulassen.

Eine Frau mit vielen Talenten

Michaela sah den kleinen Supermarkt und fasste den Entschluss schnell etwas zum Trinken einzukaufen. Sie beeilte sich und ging zügig wieder zum Auto, als sie plötzlich etwas Weiches auf ihrem Gesicht spürte. Es roch merkwürdig und sie sank in tiefen Schlaf.

„Herr Offizier, das Mädchen ist gerade zu sich gekommen." „Danke Agent, ich nehme sie mir gleich vor." Wesselow knackte zufrieden mit seinen Fingern. Durch die Sattler würde er an seinen alten Feind herankommen. Denn die Sattler würde mit Sicherheit ihren Liebhaber Schukow retten wollen. Und der war offensichtlich in Innererde gelandet. Und wenn nicht, konnte er Schukow mit dieser Sattler unter Druck setzen. Und der würde davon erfahren, das wusste Wesselow und dann bekam er den Schlüssel in die Hand, um Innererde zu übernehmen. Er würde endlich die Macht bekommen die ihm seiner Meinung seit

Jahren zustand. Damals war er noch sehr jung gewesen. Man hatte ihm diese Macht versprochen und dieses Versprechen gebrochen. Das machte des ihm nun leicht, seine Skrupel über Bord zu werfen. Milford hatte damals einen Krieg mit den Innererdlern begonnen und Wesselow stand von Anfang an an seiner Seite. Leider kämpften die Innererdler mit unfairen Waffen. Sie hatten mentale Kräfte, gegen die sie damals noch nicht ankamen. Heute hatten die Obererdler technische Möglichkeiten, die sie den Innererdlern entgegensetzen konnten. Da war sich Wesselow sicher. Der Rückzug hatte ihn damals sehr geschmerzt. Er fühlte sich gedemütigt. Aber er hatte seine Rachegelüste niemals aufgegeben. Das Quartier hier wirkte von außen wie eine normale Villa, nur das hier Gitter vor den Fenstern waren. Aber das war bei vielen Villen der Reichen der Fall. Er ging den Flur hinunter und öffnete die schwere Stahltür. Michaela Sattler sah noch benommen aus und hob den Kopf leicht an, als Wesselow eintrat. Er ging betont langsam auf sie zu

101

und blieb aufrecht vor ihr stehen, damit sie zu ihm aufschauen musste. Er grinste sie breit an. „Nun Frau Sattler, dann sind ja endlich da, wo ich sie die ganze Zeit haben wollte." Michaela wollte etwas antworten, er streckte jedoch barsch seine Hand aus um sie zu stoppen. „Um keine Zeit zu verlieren, wo ist Schukow?" Michaela schüttelte den Kopf. „Sie sagen mir sofort wo Schukow ist" Wesselow schlug mit einer Handbewegung den kleinen Tisch vor Michaela weg, packte ihre Schultern und schüttelte sie. Michaela zuckte mit den Schultern. „I dont´t understand russian" versuchte sie auf englisch zu erklären. Wesselow starrte sie an und so langsam schien er zu verstehen. Verdammt, die Frau konnte gar kein Russisch und er konnte weder deutsch noch englisch sprechen. Er wandte sich an die beiden Agenten, die mit im Raum waren. „Spricht einer von euch englisch oder deutsch?" Die Agenten verneinten. Verdammt, wie sollte er nun etwas aus der Frau herausbekommen? Die stierte ihn wie blöde an. Das ärgerte ihn. Er hob die Hand und war im Begriff sie zu schlagen. Dann überlegte er es sich und wischte mit seinen Fingern in der Luft vor ihren Augen, um sie in die Realität zurück zu holen.

Michaela stierte derweil auf die Brust des Offiziers. Sie atmete ganz tief und ruhig und geriet schnell in einen Trance ähnlichen Bewusstseinszustand. Sie sah ihre Lage plötzlich völlig klar und ohne Schnörkel vor sich. Ihr Verstand war komplett ausgeschaltet und sie konnte kühl analysieren. Sie spürte eine Kraft aus der Tiefe ihres Seins in sich aufsteigen, wie sie es noch nie zuvor erlebt hatte. Der Offizier wischte mit seiner Hand vor ihren Augen herum. Blitzschnell ergriff Michaela sein Handgelenk. Ihre Linke schnellte zu seinem Hals empor und umfasste ihn. Ganz langsam mit einer unbändigen Kraft und Leichtigkeit stand sie vom Stuhl auf, Wesselow dabei am ausgestreckten Arm in die Höhe hebend. Er starrte sie zunächst fassungslos aus hervorquellenden Augen an und röchelte. Dann ruderte er wild mit seinem freien Arm und versuchte sich aus ihrem eisernen Griff zu befreien. Er versuchte Michaela zu treten, aber er konnte seine Bewegungsabläufe nicht koordinieren. Die Agenten im Raum versuchten ihm zu Hilfe zu kommen. Aber eine unsichtbare Energiewand, die Michaela Sattler und Oleg Wesselow umhüllte, ließ sie nicht zu ihnen durchkommen. Michaela bemerkte, dass sie sicher und geborgen war. Eine männliche Stimme in ihrem Kopf befeuerte und verstärkte ihre Energie. Sie wusste nicht woher sie kam. Es war nicht Miron, das spürte sie. Aber sie vertraute der fremden Stimme. Sie schleuderte den Oberst von sich. Er plumpste wie ein Sack Kartoffeln in eine Ecke und rieb sich den Hals. Michaela hastete zur schweren Stahltür, die verschlossen war und riss sie mit einem Ruck auf. Bevor die Agenten reagieren konnten, zog sie die Tür hinter sich zu. Ohne nachzudenken ballte sie ihre rechte Hand und schleuderte einen Energiestrahl in das Schloss der Eisentür und augenblicklich verschmolz die Mechanik wie Butter in der Sonne. Diese Tür würde man so schnell nicht öffnen können. Sie würde später dafür sorgen, dass die Männer befreit wurden. Aber zunächst musste sie sich in Sicherheit bringen. Und Miron suchen. Dieser Mann hatte wohl nach ihm gefragt, so viel hatte sie dann doch verstanden. Also hatte er Miron nicht in seiner Gewalt. Sie musste ihn finden. Sie musste so schnell wie möglich Oberst Danilow finden, so wie Miron es ihr gesagt hatte. Sie suchte den Ausgang und hörte wie es hinter ihr gegen die blockierte Stahltür hämmerte. Sie fand die Haustür und konnte sie tatsächlich ohne weiteres öffnen, was sie nicht erwartet hatte. Aber sie hatte jetzt keine Zeit sich darüber zu wundern. Sie lief die 5 Stufen hinab und dann nach rechts in eine Seitenstraße hinein. Rechts vor ihr stand eine Limousine mit getönten Fenstern und parkte entgegen der Fahrtrichtung. `Zu auffällig um vom Geheimdienst zu sein´ dachte Michaela und ging zügig weiter. Als sie die Beifahrertür passierte, wurde vor ihr die hintere Tür geöffnet. Sie prallte dagegen und stürzte zu Boden. Bevor sie sich aufrappeln konnte, wurde sie mit Leichtigkeit von zwei kräftigen Händen gepackt und in den Fond des

Wagens geschubst. Die Tür schloss sich blitzschnell hinter ihr. Michaela setzte sich auf und wollte sofort auf der anderen Seite des Wagens zur Tür hinauskrabbeln, die sich aber nicht öffnen ließ. `Scheiß Kindersicherung´ dachte sie `Und wie blöd kann man eigentlich sein, sich zwei Mal nacheinander fangen zu lassen. Mein Bauchgefühl funktionierte auch schon mal besser. ´ Sie spürte, dass das Fahrzeug anfuhr. Eine getönte Scheibe trennte den Fond von der Fahrerkabine. Sie trommelte wild dagegen, obwohl sie sich bewusst war, dass das wohl nicht viel bringen würde. `Beruhige dich´ ertönte wieder die Männerstimme in ihrem Kopf, die sie vorhin im Kampf mit dem Offizier angefeuert hatte. Michaela hörte auf gegen die Scheibe zu klopfen. `Wenn Du kooperierst, hole ich dich nach vorne, damit wir zusammen planen, wie wir Miron finden und befreien können. ´ Michaela horchte in sich. Der Mann konnte wie Miron telepathisch mit ihr kommunizieren und er kannte Miron. Still willigte sie ein und sie spürte, dass der Wagen an den Seitenrand fuhr. Die Tür öffnete sich und eine Hand griff nach ihrem Arm. Sie ließ sich aus dem Wagen helfen. Vor ihr stand ein großer kräftiger Mann. Vom Alter her schätzte sie ihn auf Mitte bis Ende 50. Er war ein Fremder und kam ihr doch sehr vertraut vor. Er schaute ihr lange in die Augen, dann musterte er sie von oben bis unten und lächelte sie an. Sie versuchte seine Gedanken zu lesen, wo sie ihn doch vorhin auch in ihrem Kopf gehört hatte. Er aber schüttelte amüsiert den Kopf. Er schob sie vor sich her und setzte sie auf den Beifahrersitz, umrundete die Limousine und setzte sich wieder hinter das Steuerrad. `Du hast sicher viele Fragen. Die habe ich auch. Aber das Verschieben wir auf später, wenn wir Miron wiederhaben. Dann brauche ich nicht alles doppelt zu erklären. ´ Michaela wurde noch etwas ruhiger. Von diesem Mann schien keine Gefahr auszugehen. „Wer sind sie? Sie scheinen etwas über Miron zu wissen und können mit mir telepathisch kommunizieren. Ich wüsste gerne mit wem ich es zu tun habe." Der Mann drehte sich ihr zu und lächelte sie an, wobei auch seine Augen mit lächelten. „Ich bin Oberst Michail Danilow „sagte er milde. Michaela machte große Augen. „Zu ihnen wollte ich gerade. Dann kann ich mir den weiten Weg nach Moskau ja ersparen." „So, was wolltest du denn von mir?" fragte der Oberst. Michaela setzte sich so gerade wie möglich hin und sagte mit allem Ernst den sie aufbringen konnte: „Capybara!" Oberst Danilow prustete los und hätte fast das Steuer verrissen. „Dann hat Miron ja damals den Ernst der Lage verstanden." Michaela sah ihn nachdenklich an. Dann sagte sie: „Er hatte Angst, all die vielen Jahre lang. Soviel habe ich während seiner Träume herausbekommen." „Während seiner Träume?" „Ja, im Wachzustand kann er seine Gedanken schon ziemlich gut verbergen, wenn er will. Er denkt sehr viel an Hühnersuppe. Wir sind nämlich telepathisch miteinander verbunden müssen Sie wissen." Der Oberst lachte wieder. „Und dass in der kurzen Zeit, da ist er aber sehr talentiert." „Sie tun ja so, als ob das alles, die Telepathie und die Kräfte in uns, völlig normal wären. Wissen sie was? Ich habe vorhin einen großen fast 90 Kg

Mann nur mit dem linken Arm am Hals in die Luft gehoben und bin dabei noch von einem vom Stuhl aufgestanden." Michaela wurde erst jetzt richtig bewusst, was sie vorhin getan hatte. „Das hast du getan?" fragte der Oberst amüsiert. „Sie tun ja fast so, als wäre das normal!" „Das ist es auch mein Mädchen. Aber wie gesagt, Erklärungen kommen später." Michaela schmollte. `Ich bin nicht dein Mädchen´ Der Oberst sagte und dachte nichts. Er verbarg seine Gedanken gut.

Ein Nahtoderlebnis vom Feinsten

Miron Schukow und Mediana le Fleur saßen schon lange beieinander. Sie hatte ihm sehr viel über das Leben und Treiben in Innererde erzählt und er hatte sich nach und nach mehr geöffnet und hörte ihr schließlich fasziniert zu. Er lernte, dass die Innererdler friedlich zusammenlebten. Nie gab es Streit, geschweige denn Krieg. Entscheidungen wurden vom Rat der 12 die zur Hälfte aus Männern und zur anderen

Hälfte aus Frauen bestand und der sich alle 4 Jahre automatisch anders zusammensetzte, getroffen. Die Kinder mussten nicht in feste Unterrichtsstrukturen und auch nicht täglich in eine Schule gehen, sondern sie gingen tagsüber mit den Erwachsenen mit, die ihren alltäglichen berufsähnlichen Tätigkeiten nachgingen. So lernten die Kinder verschiedene Berufe und Fertigkeiten ganz nebenbei und voller Freude. Kreativität wurde hier gefördert und nicht unterdrückt. Jeder durfte machen was er wollte. Wenn jemand Malen wollte, so malte er solange er Freude daran, oder diese Fertigkeit vervollkommnet hatte. Wollte jemand Brot backen, so tat er, dass, solange er mochte. Jeder bekam von der Gemeinschaft was er zum Leben brauchte. So verhielt es sich in Innererde. Hier lebten sowohl Innererdler, als auch wenige Obererdler, die sich entschieden hatten hier unten in Frieden und Freude zu leben, als auch Drakos und einige wenige Außerirdische. Von Obererde wurden immer wieder auch Menschen eingeladen, die die Signatur dafür in ihrer Seele hatten.

Diese kehrten aber dann nach einer Weile auch wieder nach oben zurück. Einige schrieben sogar, mit Erlaubnis des Rates, Bücher über das Leben in der inneren Erde, die durchaus auch in einem gewissen Milieu Anklang fanden und im Internet in Foren rege diskutiert wurden.

Auch Jules Verne war einst in Innererde gewesen und hatte seinen berühmten Roman: Die Reise zum Mittelpunkt der Erde darüber geschrieben.

Besonders beeindruckten Miron die Energieversorgung, durch eine Art von freier Energie und die Plasmasonne, die die innere Erde mit Licht und Wärme versorgte. Sie war wunderschön. Nicht so warm und anheimelnd wie die Erdensonne, aber dennoch wirkte sie sehr anziehend auf ihn. Le Fleur hatte ihm berichtet, wie die Plasmasonne sich immer wieder in ihrem Torus selbst auflud. „ Wir sind alle strahlende und unendliche Wesenheiten, die sich durch die Ebenen des Seins im gesamten Sein allen Seins frei bewegen können. Das Licht, das ist unser aller

Seelenkern. In ihm ist alles Wissen gespeichert, dass wir durch all unsere Inkarnationen hindurch erlebt und erfahren haben. Alles was je war wurde darin gespeichert. Diese Information machte ihn unheimlich glücklich. Es fühlte sich richtig an. Er fühlte sich gereift und plötzlich konnte er alle Informationen, die sich aus dem Universum in ihm entladen hatten entwirren und lesen. Ja wahrlich. Er war durchdrungen gewesen von Angst, Knechtschaft und Mühsal. Und es lag einzig und allein bei ihm, diesen Zustand zu beenden. Diesen Zustand einzutauschen in die unendliche Freiheit.

Er stellte sich vor, er sei die Sonne und dass er warm und herzlich auf alle Lebewesen herab strahlte. Er ernährte sie und erfüllte sie mit Liebe und Licht. Eine unfassbare Sehnsucht erfasste ihn. Er wollte jetzt nicht mehr nur das Licht spüren, nein, er wollte mit jeder Faser seines Herzens das Licht sein. Er wünschte sich nichts sehnlicher als das. Und er begann zu vibrieren und zu leuchten. Seine Seele schwebte empor, dem

Licht der Sonne entgegen, um sein inneres Licht mit ihr zu vereinen. Er blickte zurück und sah seinen leblosen Körper am Boden liegen. Ein Hochgefühl überkam ihn. Tiefe Freude. Adieu du böse Welt. Ich habe etwas Besseres gefunden als das Leben und den Tod. Er sah wie Mediana entsetzt die Hand nach ihm ausstreckte, aber es interessierte ihn nicht mehr.

Eine Reise ins Innere der Erde

Oberst Danilow fuhr an Miron´s Häuschen vorbei, das einst seinem Großvater gehört hatte. `Da ist Mirons Haus, wollen wir nicht nachschauen, ob Miron doch wieder aufgetaucht ist? ´ Der Oberst schüttelte den Kopf. `Da ist er nicht! ´ `Woher wollen Sie das denn wissen. Wir sollten nachschauen. ´ Der Oberst fuhr kommentarlos auf dem Feldweg weiter. An einem kleinen Felsen parkte er und stieg aus. Michaela blieb zunächst im Wagen sitzen, doch der Oberst gab ihr ein Zeichen auszusteigen. Sie folgte ihm ins Unterholz, obwohl Ihr das Ganze nun doch unheimlich vorkam. Dann fühlte sie ein vibrieren in ihren Händen. Es verstärkte sich, je weiter sie ins Gehölz gingen. `Spürst du etwas? ´ fragte der Oberst sie. Michaela schüttelte den Kopf. Der Mann war ein Fremder, auch wenn er Miron helfen wollte. Aber sie musste sich ihm deshalb noch lange nicht voll und ganz vertrauen. Obwohl, irgendwie vertraut war ihr dieser fremde Mann doch. `Dort drüben, auf dem Felsen, dort hat Miron gesessen. ´ sagte er. `Dann ist er hier entlang geschlichen. ´ `Woher wollen Sie das alles wissen? ´ fragte Michaela alarmiert. Der Oberst lächelte und zog sie zu einem Baum hin, der einen riesigen Umfang hatte. `Nimm meine Hand und lass nicht los! ´ befahl er. `Miron ist von hier geholt worden. Was hat der Junge wohl für Angst ausgestanden.´ Michaela sah ihn alarmiert an, während Danilow die Rinde des Baums ausgiebig musterte. `Hier! ´ sagte er schließlich an Michaela gewandt. Erkennst du das? ´ Sie sah genau da hin, wo er seinen Zeigefinger entlang fahren ließ. Zunächst erkannte sie nur normale Baumrinde. Dann kniff sie ihre Augen ein wenig zusammen und erkannte, wie sich die Strukturen veränderten und formten. `Dass ist eine Sonne! ´rief sie gedanklich aus. `Richtig! Dass Zeichen ist eine Sonne. Erkennst du noch mehr? ´ Er fuhr mit dem Finger in eine andere Richtung. `Aber ja doch, dass sieht aus wie ein Kompass. Ganz deutlich. Und hier sind ja noch weitere Zeichen, rund um den Baum herum. Sieht für mich aus wie Runen. ´ Der Oberst lächelte zufrieden. Ganz genau. Halte mich weiter an der Hand. Und lege deinen Zeigefinger auf den Kompass, wenn ich es dir sage. ´ Er selbst hob seinen Zeigefinger in Richtung der Sonne. `Jetzt! ´ rief er und während er seinen Finger auf die Sonne legte, legte sie ihren Finger auf den Kompass. Ein Energiestrom durchzuckte sie aus Richtung des Obersts. Aber auch von ihr ging Energie auf ihn über. Sie wollte sich losreißen, aber er hielt sie eisern fest. Der Boden unter ihnen vibrierte. Dann öffnet sich der Baum! Wahrlich und in ihm zeigte sich eine organische, wabernde und violett leuchtende Blase. Der Oberst zog sie hinein und augenblicklich schloss sich die Öffnung hinter ihnen. Michaela bekam Platzangst.

Der Fluchtweg war verschlossen. Sie befand sich in einem Baum!? Sie sah sich ängstlich um. Ihr war, als ob sich ihre Körperzellen auflösten. `Ruhig, entspann dich. Alles ist gut.´ Er drückte ihr beruhigend die Hand und ein Energiestrom, der in der Tat beruhigend auf sie wirkte, durchströmte sie jetzt. Plötzlich öffnete sich die Blase und sie traten auf einen sanft erhellten Gang wie in einem Gewölbe. Sie hatte nicht das Gefühl gehabt, dass sich die Blase bewegt hatte. Aber es musste wohl so sein. Der Oberst schien zu wissen, wohin er gehen musste, denn er wandte sich zielstrebig einem bestimmten Gang zu und klopfte in einem bestimmten Takt gegen eine massive Holztür. Sie standen eine Weile davor, dann öffnete sie sich. `Michail, wir haben dich erwartet.´ Ein menschenähnliches blaues Wesen, ohne Haare mit einer unwahrscheinlich sanftmütigen Ausstrahlung ließ sie eintreten. Michaela zuckte zusammen. Ihr Traum in Leonids Haus. Der Traum, den auch Miron geträumt hatte. Genau solche Wesen wie dieses hier, hatte sie gesehen. `Miron, er ist in Gefahr!´

116

sagte sie zum Oberst gewandt und drängte nach vorn. `Gut dass ihr da seid, sagte das Wesen wieder zum Oberst gewandt. ´ Ich führe euch zu eurem Miron. Er hat unsere Mediana ganz schön in Schrecken versetzt. Und du weißt, so etwas mögen wir hier gar nicht. Angst und Schrecken meine ich. ´ Er wandte sich um und ging voran. Michaela folgte ihm aufgeregt. Wie konnten die beiden nur so ruhig sein. Ok, sie kannten den Traum nicht. Miron in der Sonne. Was hatte dieser Traum zu bedeuten? Plötzlich stoppte das Wesen und zeigte auf einen Punkt in einem wunderlichen Garten. Michaela stürmte darauf zu und stoppte abrupt. Auf dem Boden lag Miron. Er wirkte leblos mit einer recht zufriedenen Mimik im Gesicht. Neben ihm standen reglos zwei weitere haarlose blaue Menschen. Warum halfen sie Miron nicht. Sie hockte sich hin, schüttele ihn an der Schulter und schrie in an. „Miron, Miron, sag was, rühr dich!" Die Wesen hielten sich kollektiv die Ohren zu und verzogen schmerzhaft ihre Gesichter. „Was habt ihr mit ihm gemacht?" wandte sie sich an die Wesenheiten. `Hallo, du

117

musst Michaela sein, ich bin Mediana le Fleur` wandte sich eines der Wesenheiten sanft Michaela zu. Diese war außer sich. `Das interessiert mich nun gerade überhaupt nicht. Was ist mit Miron los? ´ Mediana le Fleur ließ sich neben Michaela nieder. `Er wurde oben auf der Erde verfolgt. Da habe ich ihn zu mir heruntergeholt und ihm hier alles gezeigt und erklärt. Und plötzlich wurde er ganz ruhig und hat seinen Körper verlassen. Er ist jetzt da oben! ´ Dabei zeigte sie mit einer Hand in die Höhe, von wo ein leicht rotierendes sanftes Licht erstrahlte. Michaela fühlte sich hilflos.

Immer noch ein traumhaftes Nahtod-Erlebnis

Miron war glücklich. Er überblickte ganz Innererde. Er konnte bis in die letzten Ecken aller Kontinente blicken. Er konnte in die Herzen der Menschenwesen schauen und was er sah erfüllte ihn mit Freude. So leicht konnte das Dasein sein. Niemand würde ihn vermissen. Er hatte ja niemanden mehr auf der Welt. Und nun war er frei einfach nur noch zu sein. Plötzlich war ihm, als würde das Licht um ihn herum noch heller strahlen. Er vernahm eine Energiewolke die eine sanfte Melodie spielte, in einer Weise wie er sie noch nie vernommen hatte. Er nahm einen Umriss wahr, erkannte die Energiesignatur und seine Seele sprang herum wie ein Kind an seinem Geburtstag und Weihnachten zusammen. `Großvater, Großvater! Du bist hier. Ach wie freue ich mich dich zu sehen. `Das gütige Gesicht seines Großvaters, wie er zu Lebzeiten ausgesehen hatte, erschien vor seinem geistigen Auge. Dieser nahm ihn imaginär in den Arm und drückte ihn lange. Es fühlte sich, so körperlos, wie ein Verschmelzen an. Er konnte jede Emotion seines Großvaters erfühlen. Und er war völlig überwältigt. `Miron, mein Junge, ich bin so stolz auf dich´ hob das Geistwesen an. Du hast so viele Menschen auf der Erde glücklich gemacht und mit Liebe und Licht erfüllt. ´ Miron sah ihn verdutzt an. `Aber nein Großvater, ich habe ein nutzloses, oberflächliches Leben geführt. Ich will jetzt etwas Großes und Wichtiges tun. Hier bin ich richtig. Ich will die Sonne sein. ´ Er spürte von seinem Großvater eine tiefe Traurigkeit ausgehen. `Miron, es ist nicht wichtig, was du über dich und dein Leben denkst, sondern einzig und allein was du tust und bewirkst, zählt. Deine Musik und deine Ausstrahlung, dein Humor und deine Lebensfreude die du ausstrahlst, deine Güte und Herzlichkeit. Dass alles erreicht die Herzen der Menschen und erleuchtet sie. Jede Freude, die du schenkst, erhellt dein eigenes Licht in dir und macht somit auch Gott, deinen Schöpfer, noch größer und reicher. Die Quelle allen Seins. Der Ursprung aller Seelen. Und Gott hat sehr viel Freude an dir. Es zählt nicht, ob du dir deiner Kraft und Macht bewusst bist. Allein dein Bewirken ist entscheidend. Du wurdest genau an den Platz gesetzt, an dem du jetzt bist. Mein lieber, lieber Junge. Es tut mir so leid. Ich habe dich dein Leben lang belügen müssen. Und auch konnte ich dem großen Licht nicht widerstehen und bin einfach hiergeblieben und habe dich verlassen. Du warst noch zu jung und brauchtest mich. Ich habe dein Leid und ich habe deine Freude gespürt und gesehen. Aber ich war immer bei dir. ´ Eine tiefgehende Liebe strömte vom Großvater in Miron hinein und er erfasste in Sekundenbruchteilen, alles was dieser ihm mitteilen wollte. Mein lieber Junge, deine Aufgabe ist noch nicht erfüllt. Du musst wieder hinunter gehen. ´ `Was heißt, du hast mich belogen Großvater? Und nein, ich will nicht wieder in den schwerfälligen, klobigen Körper zurück. Meine Seele ist hier so leicht. Ich will hierbleiben bei dir. Da unten ist alles so schwer. Alle zerren sie an mir ich bekomme keine Ruhe, keinen Frieden. Ich ersticke dort. Nein, nein, ich bleibe jetzt hier. ´ Sein Großvater zeigte hinab zur Erde, dort wo sein Körper lag. `Siehst du diese Menschenwesen mein Junge? Sie lieben dich, sie brauchen dich. ´ Miron erblickte Michaela neben seinem Körper hocken. Er fühlte ihre Trauer und ihre Wut. Neben ihr standen Mediana le Fleur und ein ihm fremder Mann. `Michaela kommt schon darüber hinweg, ´ dachte Miron. `Und die

121

anderen kenne ich gar nicht. Ich bleibe hier. Ich bin jetzt die Sonne. Ich bin jetzt das Licht! ´ Sein Großvater sah ihn traurig an. `Grüße Michaela von mir, ´ Dann gab er Miron einen energetischen Schubs.

Eine unglaubliche Wendung

Der Wiedereintritt in seinen Körper war schmerzhaft. Es fühlte sich für ihn an, als würde er in einen viel zu engen Anzug gequetscht. Seine Seele und sein Licht waren nur wunderbar weit und weich gewesen. Und nun steckte er wieder in der Enge seines Körpers. Eine Wut überkam ihn. Hatte sein Großvater ihn geschubst? Was fiel dem eigentlich ein? Und wieso kannte der Michaela? Grüße Michaela von mir, das waren seine letzten Worte. Kein Trost für ihn, den einzigen Enkel, aber Grüße für eine Fremde. Sein Licht zog sich, ob seiner düsteren Gefühle in sich zurück. Und schon fühlte es sich in seinem Körper behaglicher an. Aber seine Seele empfand er als kalt und leer.

„Er rührt sich, schaut her!" rief Michaela. Die Wesen brummten ob ihrer Geräusche. Michaela packte Miron am Hemd und schüttelte ihn wieder. „Du blöder, blöder Kerl. Was machst du für einen Bockmist. Weißt Du eigentlich, was für Sorgen ich mir um dich gemacht habe?" Miron wollte die Augen nicht öffnen. `Du? Schon wieder? Lass mich in Ruhe. Ich bin unglücklich. Lass mich allein.´ Michaela holte tief Luft. Eine sanfte Hand legte sich auf ihre Schulter. Es war Oberst Danilow. `Lass ihm noch einen Moment. Er muss erst zu sich kommen. Er hat eine Menge zu verarbeiten.´ Miron zuckte leicht. `Wer ist das?´ `Du kannst ihn auch telepathisch verstehen? Miron, das ist der Oberst Danilow. Er hat mich hier hergebracht.´ Nun wurde Miron doch neugierig und öffnete die Augen. Er musste zwinkern, aufgrund der plötzlichen Helligkeit. Über ihm ragte ein großer stabiler Mann auf. Er hatte ein kantiges, interessantes Gesicht. Er hatte etwas im Blick, dass Miron vage bekannt vorkam. Aber er konnte es nicht richtig deuten. Auf alle Fälle ging von ihm eine Herzenswärme aus. Miron rappelte sich auf. Er fühlte sich schwerfällig in diesem Körper, der ihm doch all die Jahre doch so gut gedient hatte. Michaela half ihm auf die Beine. Er schwankte und sie umfasste ihn um die Hüfte, um ihn zu stützen. Einerseits ärgerte er sich noch, weil sein Großvater sie vor dem Schubsen erwähnt hatte, andererseits war er nun dankbar für ihre Nähe und Fürsorge. Außerdem konnte sie ja auch nichts dafür. `Wofür kann ich nichts? ´ fragte sie sogleich. `Ach verdammt, Hühnersuppe! ´ `Hör auf mit Hühnersuppe Miron Schukow. Weißt Du eigentlich was ich durchgemacht habe? Ich…´ `Weißt du eigentlich was ICH durchgemacht habe? ´ schnauzte er zurück. `Daran wirst du selbst nicht ganz unschuldig gewesen sein´ keifte sie zurück. Gerade noch voller Sorge um ihn, hatte er es in kürzester Zeit wieder einmal geschafft, sie aus dem Stand auf 180 zu bringen. `Wir sollten endlich miteinander schlafen, um es

hinter uns zu bringen´ ätzte Miron.
`Vielleicht wirst du dann ausgeglichener und die Spannungen zwischen uns lassen nach´ `Ja, gute Idee! ´ gab sie wütend zurück. `Tun wir´s doch, am besten gleich hier, auf dem Boden! ´ Sie zeigte mit dem Finger auf den Boden vor sich. `Das werdet ihr ganz gewiss nicht tun! ´ dröhnte die Stimme des Obersts in ihren Hirnen. Miron fühlte sich bevormundet. `Wer sind Sie denn, dass Sie uns das verbieten wollen? ´ Der starke Geheimdienstmann zögerte ängstlich. Aber es musste ja doch irgendwann heraus. `Gestatten, Oberst Michail Danilow, euer Vater! ´.

Miron und Michaela starrten ihn ungläubig an. Hatten sie gerade richtig gehört? Michaela ließ Miron los und machte einen Seitenschritt von ihm weg. Dann aber stellte sie sich wieder näher zu ihm. `Mein Vater ist tot, seit meiner Kindheit schon, ´ ätzte Miron. Danilow trat auf ihn zu, aber Miron wich sogleich wieder einen Schritt zurück. `Miron, wann hast du Geburtstag? ´ `Am 24.Dezember 1985´antwortete er widerwillig. Michaela schaute ihn mit offenem Mund an. `Was ist? ´ blaffte Miron. `Du weißt es Michaela nicht wahr? ´ fragte der Oberst. Sie nickte steif. `Michaela, sag Miron wann du Geburtstag hast. ´ Michaela erfasste Mirons Hand, der sie zunächst zurückziehen wollte. Aber sie umklammerte ihn regelrecht. `Ich wurde am 24.12.1985 in Emden geboren. Aber Emden stimmt dann wohl nicht vermute ich? ´ sie sah den Oberst an. Der schüttelte den Kopf. Miron rührte in seiner Hühnersuppe und schüttete gedanklich ein paar Buchstabennudeln hinzu. Er wollte jetzt nicht klar denken und schon gar nicht vor all diesen Leuten. Hier konnte er, außer Michaela, wohl niemandem etwas vormachen. Alle konnten die Gedanken von jedem lesen, der es zuließ. Das überforderte ihn gerade maßlos. Er fing an, die Buchstabennudeln zu sortieren und versuchte daraus Worte zu legen: Licht, Sonne, Luzifer, Michaela, Großvater, Vater...

Er war eine Vollwaise. Sein Großvater, der ihn gerade maßlos enttäuscht hatte, hatte ihn großgezogen. Danach war er auf sich allein gestellt gewesen. `Ist das so? Bist du wirklich ganz auf dich allein gestellt gewesen? ´ `Verdammt wer war der Kerl, dass der sogar in seiner Hühnersuppe lesen konnte. Vielleicht hätte er die Buchstabennudeln weglassen sollen? ´ Der Oberst grinste und fuhr fort: `Ich hatte dich immer im Blick und ich habe auch deine Karriere anfangs gefördert. Was glaubst Du wohl, woher das ganze Geld für Deine Instrumente, deine musikalische Ausbildung, die Fahrten zu den Musikwettbewerben und das Startgeld dafür kamen? Später war das dann gar nicht mehr nötig. Du bist ein sehr talentierter Junge. ´ `Ein Mann, ich bin ein Mann! ´ maulte Miron halb versöhnt.

`Wahrscheinlich ist meine Mutter auch gar nicht tot und sie kommt auch gleich hier um die Ecke? ´ Miron tat, als ob er um den Oberst herum nach jemanden suchte. Dieser blickte an ihnen vorbei. Miron und Michaela drehten sich um, sahen aber außer Mediana le Fleur niemanden. Und die war ja praktisch noch ein Kind. Le Fleur senkte beschämt den Blick und Michaela spürte eine immense mütterliche Liebesenergie die von ihr ausging. `Du bist unsere Mama?´ Sie schluckte einen dicken Kloß hinunter. Tränen traten ihr in die Augen. Miron wusste nicht wohin mit seinen Gefühlen. Er ging zur Sitzgruppe im Garten, setzte sich und stützte seine Ellbogen auf den felsigen Tisch, der komischer Weise vorhin noch nicht dagewesen war und seinen Kopf in seine Hände. Er schaute hoch zur Sonne. `Das also hast du gemeint Großvater, als du sagtest du hättest mich belogen. Mein ganzes Leben ist eine einzige Lüge. Und dann wolltest du mich noch nicht einmal mehr bei dir haben und schmeißt mich zurück in dieses Chaos.´ Michaela, Mediana und Michail setzten sich zu ihm an den Tisch. `Du hast mich nach dir benannt.´ wandte sich Michaela an den Oberst der nun ihr Vater war. Sie konnte sich wesentlich schneller an Gedanken gewöhnen. Sie war bei ihrer Großmutter im Norden Deutschlands aufgewachsen. Diese hatte sie immer in ihrem übernatürlichen Interesse bestärkt. Sie hatte auch nie behauptet, dass ihre Eltern tot seien, sondern dass diese unerreichbar weit fort wären. Aber sie würden sie dennoch lieben. Michaela hatte nach dem Tod der Großmutter versucht ihre Eltern zu finden. Aber als sie keine Spur von ihnen fand, konzentrierte sie sich auf die Gestaltung ihres Lebens. Sie machte eine Krankenpflegeausbildung und arbeitete danach mit wachsender Begeisterung in einem Altenpflegeheim. Das war ihre Berufung gewesen. Mittlerweile hatte sie zusätzlich eine Pflegeberaterausbildung absolviert und sich damit selbstständig gemacht. Sie beschäftigte sich weiter mit übersinnlichen Dingen. Das lag auch daran, dass sie viele Menschen beim Sterben begleiten durfte. Denn dabei passierten regelmäßig übernatürliche Dinge, die sie darin bestätigten, dass es mehr zwischen Himmel und Erde gab, als man logisch erklären konnte. `Mlron, ist deine Hühnersuppe jetzt bald mal fertig? Dann könnten wir ja alle etwas davon mitessen. – Bist du jetzt bereit? Ich denke Mediana und ich haben euch beiden eine Menge zu

129

erklären. ´ `Zuerst einmal möchte ich wissen, ´dachte Miron provozierend, `Warum Mediana, die nicht älter als 20 Jahre alt sein kann, meine Mutter sein soll, während mein Vater ein alter Knacker und obendrein noch ein Geheimdienstoffizier ist. ´ `Deine Frage ist berechtigt´ antwortete Mediana. `Wir hier unten in Innererde, altern sehr langsam. Wir haben das Altern praktisch überwunden. Wenn wir wollen, können wir hunderte von Jahren alt werden und dass bei guter Gesundheit und jugendlichem Aussehen. Ihr auf Obererde habt diese Programmierung des älter Werdens noch nicht erkannt und überwunden. Es steckt in eurer DNS. Ihr hattet einst, wie wir, eine 12 – Strang DNS. Unser aller Leben war wundervoll und erfüllt. Es gab keine Kriege und keine Gewalt, sondern nur der eine Wunsch, sich selbst zu verwirklichen, Erfahrungen zu sammeln, kreativ zu sein, zu manifestieren und eins zu sein mit der Quelle allen Seins, die ihr Gott nennt. Leider geschah es, dass von außerhalb der Erde mächtige dunkle Wesen hier eindrangen, die die Erde für sich einnehmen wollten um die Ressourcen hier auszubeuten. Sie bekämpften die Menschen auf fürchterliche Weise und reduzierten ihre DNS von 12 auf 2 Stränge um sie besser kontrollieren zu können. Sie versklavten euch. Sie herrschen bis heute über euch Menschen. Es gibt seitdem einen immerwährenden Kampf zwischen dem Licht und der Dunkelheit. Ein einziges Mal griffen gute außerirdische Mächte, die sich außerhalb der Erde auf Raumschiffen befinden, ein. Sie bezwangen diese dunklen Mächte und zwangen sie ebenso, wie die Menschen so lange auf der Erde inkarnieren zu müssen, bis sie sich selbst erlöst haben. Bis auch sie ein Licht entwickeln, dass so groß und hell leuchtet dass sie reif genug sind, sich wieder mit der Quelle zu vereinen. Aber das wollen sie gar nicht. Sie wollen sich auch nicht inkarnieren. Seitdem tun die dunklen Mächte alles, um euch auf der Erde im Elend zu halten. Denn sie wollen nicht ins Licht und sie gönnen auch euch das Licht nicht. Sie lieben nur die Dunkelheit. Sie leben von eurem Schmerz und eurer Angst. Das ernährt sie. Darum fügen sie euch all das Leid zu. Ihr meine Kinder und mein lieber Mann, ihr seid Teil der Gegenbewegung. Ihr lebt und bringt Licht und Liebe, wie so viele andere unserer Lichtkrieger. Die meisten Lichtwesen, die als Menschen inkarnierten, ahnen gar nichts von ihrer Arbeit, die sie hier unbewusst, nur durch ihre Anwesenheit, verrichten. Mit dem Eintritt der Seele in den Körper trinken sie gleichzeitig aus dem Kelch des Vergessens. Du mein lieber Miron, hast eine sehr schwere Aufgabe übernommen. Und wir bewundern dich unendlich für deine Kraft. ´ Miron seufzte. `Meine Kraft ist aufgebraucht. ´ Michaela legte eine Hand auf die ihres Zwillingsbruders. `Jetzt wo du all das alles weißt und wir erfahren ja sicher noch viel mehr, wird es dir viel leichter fallen. Alles ist leichter, wenn man den Grund für das weiß, was einem widerfährt. ´ Dann wandte sie sich an Mediana. `Wer von uns beiden ist eigentlich der oder die Ältere? ´ `Miron kam vor dir hier in Innererde auf die Welt. ´ Antwortete diese. `Ich habe einen großen Bruder! ´ jubelte Michaela und Miron lächelte zum ersten

132

Mal, seit er in Innererde gelandet war. `Ich habe eine kleine Schwester ´ Er drückte sie eng an sich und dachte erleichtert: `Gott sei Dank, ich bin also nicht impotent! ´ `Miron! ´ schrien ihn seine Eltern gedanklich an. `Wieso? Das hat mir Sorge bereitet! ´ gab er süffisant zur Antwort. `Aber die Natur, die DNS, hat einen deutliche Sprache gesprochen. Wir lieben uns, aber nur seelisch.

Dann aber schämte er sich doch ein bisschen und wechselte schnell das Thema. `Sag Michaela, wie hast du den Oberst Danilow, äh unseren Vater, ´ er brachte das Wort noch immer nicht ohne Scheu hervor, ´gefunden? ` `Miron, stell dir vor, er hat mich gefunden. Und entführt! – O Gott, die Männer, ´ erinnerte sie sich plötzlich. `Wir müssen sie befreien, bevor sie verdursten! ´ Michail Danilow strich beruhigend über Michaelas Handrücken. `Keine Sorge, wenn wir uns um sie kümmern, wird noch nicht so viel Zeit vergangen sein, weil hier in Inner Erde die Zeit nur sehr träge fließt. Sie werden es überleben. Ich muss sagen, ich

133

bin sehr enttäuscht von Offizier Wesselow. Ich habe ihn selbst gefördert, wo ich nur konnte. Aber ich hegte schon länger den Verdacht, dass er eine eigene Agenda fährt und habe ihn beobachten lassen. Sein Kontakt Nikita Fillipow, ein sehr guter Remote Viewer, war von mir instruiert worden, ihm eine Falle zu stellen. Auch das Labor war instruiert, ihm nicht die deutlich sichtbare Verwandtschaft zwischen Michaela und Miron mitzuteilen. Denn wir hatten die DNA von euch Beiden. Ihm sagte ich aber sagten Sie, sie hätten nur die DNA von Miron. Leider habe ich nicht genug aufgepasst, Michaela. Meine Leute haben Wesselow aus den Augen verloren, so dass er und seine Kumpane dich leider kidnappen konnten. Aber es ist wie es ist. Nichts geschieht ohne Grund, wie man hier in Innererde zu sagen pflegt. Denn dadurch hast du eine weitere Kraft in dir entdeckt und entfacht ´ Michaela musste Miron im Schnelldurchgang erklären, wie es ihr seit seinem Verschwinden ergangen war. `Dann war es wohl Wesselow oder einer seiner Kumpane, die uns in Moskau verfolgt haben. ´ sinnierte Michaela. Danilow schaute auf. `Ihr seid in Moskau verfolgt worden? Wann war das? Was war das für ein Wagen? ´ `Na in der Nacht nach dem Energieaustausch. Da war so eine Limousine mit getönten Scheiben, wie du eine fährst Vater´ antwortete Michaela leichthin. `Wir vom Geheimdienst observieren nie in auffälligen Fahrzeugen. Da würde uns ja jeder sofort erkennen. Wir nehmen Kraftfahrzeuge wie sie im normalen Straßenverkehr zu sehen sind. Natürlich sind die getunt. ´ gab Danilow zum Besten. Miron und Michaela schauten sich fragend an. `Aber wer war es dann? ´ Danilow sprang auf und rief laut: „Sie wagen es, sich an meinen Kindern zu vergreifen!" Alle anwesenden hielten sich die Ohren zu, ob des plötzlichen verbalen Ausbruches des Oberst. `Psst, - wer? Du weißt wer es war? ´ fragen Michaela und Miron unisono `Wenn das wahr ist, - ´ mischte sich Mediana besorgt ein, `Dann haben sie die Signaturen unserer Kinder, anders hätten sie sie nicht orten können. Bis du sicher Michail? ´ `Wesselow hat sie mit DNA versorgt, anders kann ich es mir nicht erklären. Sie hätten sie sonst schon früher verfolgt. ´ sagte der Oberst. `Oder habt ihr euch schon früher verfolgt oder beobachtet gefühlt? ´ fragte er seine Kinder. Die schüttelten synchron ihre Köpfe. `Ich stand ja ständig unter Beobachtung! ´ meinte Miron, aber da kam mir nichts komisch vor, es war alles wie immer, so scheint es mir jedenfalls. Obwohl, in dem Chaos, in dem ich leben muss, da fällt einem auch nicht alles auf. Aber wen hast du denn in Verdacht? ´ So langsam gewöhnte er sich an das Du und die verwandtschaftlichen Bande. Vielleicht alterte man in Innererde nicht nur langsamer. Vielleicht konnte man hier auch schneller ein Trauma verarbeiten? Denn als Trauma empfand er die ganzen Verwicklungen in so kurzer Zeit schon sehr. `Kinder hört zu, ´ dachte Danilow, `Mediana und ich haben Euch von den Dunkelkräften erzählt. Da gibt es dann auch verschiedene Bruderschaften, Orden und Bünde. Da sind wir, die Lichtkrieger. Wir kämpfen für das Gute, - das Licht auf der anderen Seite sind halt die Anderen,- die Dunklen. Diejenigen, die sich die Welt Untertan machen und die Menschheit unterjochen wollen. Nur die sind eitel und dumm genug, sich mit einer Limousine auf Verfolgungsjagd zu begeben. Sie fühlen sich völlig sicher und unantastbar. Sie treten zunächst charmant auf, bieten den Menschen Vorteile an. Wenn diejenigen, die sich an exponierter Stelle in Regierungen oder den Medien befinden, nicht darauf eingehen, werden sie in eine Falle gelockt. Es kann passieren, dass Jemand auf einer Party ist und man ihm unvermittelt ein halbnacktes Kind auf den Schoß setzt, während ein Fotograf dabei Bilder schießt. Oder sie werden mit KO-Tropfen betäubt und es wird ohne ihr Wissen mit einer Prostituierten ein Sexfilmchen produziert. Damit sind sie dann erpressbar und stimmen undemokratischen Gesetzen zu, denen sie eigentlich ablehnend gegenüberstehen. Nochmal, hört jetzt gut zu. Geht niemals irgendwelche Verträge ein, ohne vorher mit mir gesprochen zu haben und leistet keine Schwüre, auch nicht im Spaß. Sollten sie euch gefangen nehmen, seid nicht wütend, kämpft nicht gegen sie.

137

Versucht, so schwer es euch auch fallen mag, ihnen mit Liebe und Güte zu begegnen. Lasst euer Licht so hell erstrahlen wie irgend möglich. Nur damit kann man sie bekämpfen. Denn dagegen sind sie allergisch. Das bereitet ihnen physische und mentale Schmerzen. Und Michaela, versuche nicht mit ihnen zu kämpfen, so wie du es mit Wesselow gemacht hast. Bei ihm war es spontan und er hat nicht so viel Macht wie er selbst wohl glaubt. Er ist nur ein Mitläufer, ein Wasserträger für die Elite. Aber gegen die obere Liga dieser Dunklen Kräfte, kannst du nicht gewinnen. Noch nicht. Aber mit Licht könnte ihr euch wenigstens schützen! Hört ihr? ´ Miron und Michaela schauten ihn ungläubig an. `Übertreibt ihr nicht ein bisschen? ´ fragte Michaela und Miron nickte zustimmend. `Was ich euch berichtet habe, ist noch harmlos. Die harten Sachen erspare ich euch, - noch. Und ich hoffe sie bleiben euch auch völlig erspart. Mediana, ich glaube bei dir sind die Kinder am sichersten aufgehoben. Michaela und Miron, ihr bleibt in Innererde.´

Miron erhob sich jetzt auch. `Jetzt passen Sie mal auf Herr Vater, - erstens bin ich erwachsen und entscheide selbst über mein Leben, so wie ich es bisher auch immer MUSSTE! ´ dabei schaute er ihn wütend an. ` Zweitens habe ich weitreichende Verpflichtungen die ich jetzt bald mal wieder zu erfüllen habe und drittens...´ hier machte er eine Kunstpause...`drittens wurde mir vorhin von Großvater gesagt, dass ich noch eine Aufgabe zu erfüllen habe. Und ich bin fest entschlossen mich dem zu stellen was mich erwartet. Ich will mich nicht verstecken. Ich will kämpfen! ` Michaela schaute bewundernd zu ihm auf. Dann stand auch sie auf, stemmte, wie sie es immer tat, wenn sie ihre Aussage untermauern wollte, die Hände in die Hüften und nickte heftig zustimmend. `Dito! ´ Mediana lächelte. `Dickköpfe,- dass haben sie von dir Michail. ´ Auch Mediana erhob sich jetzt. `Gut, wir werden alle nach Obererde übersiedeln und bleiben, zusammen. Wir haben alle ein Auge aufeinander und schauen, was wir nebenbei für die Menschen noch Gutes bewirken

139

können.´ `Aber Mutter,´ entfuhr es Michaela entsetzt. `Geht das denn? Wirst du oben nicht sterben?´ Mediana lachte leise aber herzhaft. `Natürlich geht das mein Liebling. Was glaubst du wohl wie oft du schon dort oben Innererdlern begegnet bist? Wir können uns sehr gut euren Bedingungen anpassen und unser Aussehen soweit ändern, dass wir nicht auffallen. Zudem gibt es mittlerweile so viele skurrile Moden bei euch, dass wir ohnehin nicht auffallen würden. Außerdem haben die Menschen die Achtsamkeit aus den Augen verloren. Sie achten gar nicht mehr aufeinander. Jeder lebt irgendwie für sich allein oder ist dermaßen abgelenkt oder voll Sorge, dass er es nicht mehr schafft, auf seine Mitmenschen einzugehen. Die Dunkelkräfte halten euch mit ihren Spielchen auf Trab. Fast jeder starrt beim Gehen auf sein Smartphone. Meine Lieblinge, ich bin euch schon oft nahegekommen. Was wäre ich wohl für eine Mutter, wenn sie ihre Kinder völlig aus den Augen verliert.´ Michaela machte große Augen. `Aber wann? Ich habe dich nicht gesehen! ´ `Wie gesagt, ich kann mein Aussehen verändern. Erinnerst du dich an die lustige Touristin, die du im Zug von Emden nach Stuttgart getroffen hast? ´ `Das warst du? Ach ich mochte dich so gerne. Du bist so lieb auf mich eingegangen. Und deine Ratschläge habe ich beherzigt. Ich habe dem Jungen den Laufpass so gegeben, dass er glaubte er hätte mit mir Schluss gemacht. Wer warst du noch? ` `Eine Zufallsbekanntschaft in der Disko, ein Fan der um ein Autogramm bittet Miron, eine Angestellte beim Catering einer Aftershowparty, eine Journalistin auf der Pressekonferenz. Eine Backgroundsängerin. Da gab es viele Möglichkeiten. ´ Miron starrte sie ungläubig an und Michaela traten Tränen der Rührung in die Augen. `Und Michail hatte beim Geheimdienst alle Möglichkeiten euch zu beschützen und zu protegieren. ´ Mediana sah liebevoll zu Michail Danilow. ` Er hat das Altern auf sich genommen, indem er seinen Platz auf Obererde einnahm. Aber jetzt sollten wir beraten, wie wir glaubhaft Mirons Verschwinden und sein plötzliches wieder

Auftauchen seinem Management und der Presse erklären, ohne dass Miron Probleme bekommt. Es widerstrebt mir zu lügen, aber dies hier ist wohl ein Notfall. ´ `Ich weiß schon was! ´ teilte Michaela ihnen mit. `Wir schieben es Wesselow in die Schuhe. Dass ist zwar gemein, aber er hat es verdient. Miron müsste nur noch in den Raum, in dem sie mich festhielten, damit auch seine DNA dort zu finden sein ist... Oh Mist, ich habe ja das Türschloss verbogen. ´ `Du hast was? ´ fragte Miron irritiert. ` Die Geschichte erzählen wir dir auf der Fahrt nach Pskow noch ausführlicher. Du wirst nicht glauben, was deine Schwester alles kann. ´ erklärte Michail Danilow stolz. Und Michaela nickte heftig. `Michaela, das ist eine gute Idee. Wenn wir Wesselow und seine Männer aus der Zelle holen, schlüpft Miron mit hinein. Ich rufe meine Männer, die ich dort hinbestellen werde, erst herein, wenn Miron die Zelle schon mit seiner DNA kontaminiert hat. Mediana und ich halten die Männer solange in Schach. ´ `Vater, du vergisst, dass sie zu Dritt sind! ´ warf Michaela ein. `Und du weißt noch nicht,

142

welche mentale Kraft deine Mutter und ich einzusetzen imstande sind.´ antwortete Danilow. `Die Kerle werden kaum bemerken, dass Miron bei ihnen im Raum ist, wenn wir es nicht wollen.´

Während der Reisevorbereitungen ging Michaela mit Mediana einen langen Gang entlang und stutze. Sie beobachtete eine Frau, die sich rege mit einem Außerirdischen unterhielt. `Du Mutter,´ stupste Michaela Mediana an. `Was macht denn Christa Laib-Jasinski hier in Innererde. Die behauptet doch immer, sie sei noch nie hier her eingefahren.´ Mediana zuckte mit den Schultern. `Ja das ist eine komische Sache´erklärte sie. `Die Christa hält sich oft monatelang hier unten auf. Und wenn sie wieder auf Obererde ist, hat sie, dass alles verdrängt oder vergessen. Wie in einer Art Demenz. Sie glaubt dann, ihre Aufzeichnungen, die sie hier führt, seien die ihres verstorbenen Mannes.´ Mediana schüttelte belustigt ihren Kopf. `Aber weißt du mein Kind, auch das wird irgendeinen Sinn haben.´

Michail zog derweil Miron an seine Seite.
`Miron, du hast meinen Vater getroffen?
Wie? Wann? ´ Miron musste ihm alles über
sein Nahtoderlebnis berichten.

Eine fröhliche DNA-Party

Auf der Fahrt nach Pskow berichtete
Michaela Miron noch einmal, wie sie von
Wesselow und seinen Männern übertölpelt
und gefangen worden war und wie sie sich
ganz allein von ihnen befreit und das
Türschloss geschmolzen hatte. Miron hörte
ihr sprachlos zu. Das mit dem Eisen
schmelzen, hatte sie ihm in Innererde noch
nicht berichtet. Als sie dann die Villa
betraten und vor der Tür standen hörten sie
Wesselow und seine Männer verzweifelt
gegen die Stahltür klopfen. Der Oberst
wandte sich an Mediana: `Wer macht was? ´
`Kümmere du dich um die Männer Michail. ´
Danilow starrte die Tür an und Sekunden
später hörte man Schritte, dann ein Poltern
und dann war Ruhe in der Zelle. Miron
starrte ungläubig das verschmolzene

Türschloss an. `Dass hast DU gemacht Michaela? ´ Sie nickte stolz. `Dann meine Tochter, ´ meinte Mediana solltest du es auch wieder reparieren. Du hast es schließlich auch kaputt gemacht. ´ sie zwinkerte Michaela zu, die sie mit offenem Mund anstarrte. `Wie soll ich das wohl schaffen? ´ fragte sie zurück. `Du kannst es. Du hast doch das, ´ dabei zeigte sie auf das Schloss, `auch geschafft. Du hast die Kraft in dir. ´ `Aber da war ich verzweifelt und wütend. Ich habe gar nicht überlegt, wie ich das gemacht habe. Sondern es ist einfach passiert! ´ `Versuche es, lass es noch einmal einfach passieren. Glaube an dich! ´ Michaela starrte Mediana an, die ihr aufmunternd zulächelte. Dann starrte sie das Schloss an, spürte in sich hinein und wünschte, dass das Schloss wieder in den Urzustand zurück versetzt werde. Eine Energie wallte von ihrem Brustbein her hinauf und wanderte von ihren Armen schließlich ihre Hände. Sie spürte zunächst nur das bekannte sanfte Kribbeln. Sie konzentrierte sich darauf und wünschte sich sehnlichst das Schloss zu öffnen, damit sie

145

hier schnellstens wieder weg konnten. Zunächst tat sich nicht viel Ein feines Glimmen schien sich auf dem Schloss breit zu machen. Dann verstärkte sie bewusst das Kribbeln und zeigte mit ihren Zeigefingern auf die Stelle, die sie reparieren wollte. Und tatsächlich, der Stahl schien zu zerfließen und sich dann in seinen Ursprung zurück zu ziehen. `Danke mein Mädchen, ´ sagte Danilow anerkennend und klopfte ihr sanft auf die Schultern. Dann stieß er die eiserne Tür auf. Michaela war fassungslos. Hatte sie das eben wirklich geschafft? So mühelos? Und was war das in dem Raum nun schon wieder? Etwa zwei Meter weiter, lagen in Reih und Glied, Wesselow und seine Agenten in tiefer Ohnmacht. Danilow gab Miron ein stummes Zeichen und der machte sich mit Wonne daran, die spärlichen Möbel und die Wände zu berühren. Er rieb seine Hände auch kräftig an der Kleidung der ohnmächtigen Männer ab. Er konnte es nicht lassen, auf Wesselow zu spucken, nachdem er von Michaela erfahren hatte, dass das der Mann war, der sie so hart angegangen war. `Reicht das für eine

Genanalyse? ´ fragte er amüsiert. `Weniger hätte es auch getan! ´ grinste sein Vater. Dann ging er an das vergitterte Fenster und machte ein unmerkliches Zeichen. Keine Minute später kamen 6 Männer in den Raum. Danilow weckte die ohnmächtigen Männer flugs per Gedankenkraft auf. Die wussten gar nicht wie ihnen geschah. Wesselow starrte auf Miron, wollte etwas sagen, aber bevor er dazu kam, packten ihn starke Arme, bogen ihm die Arme auf den Rücken und fesselten ihn mit Kabelbindern. Den anderen Agenten erging es nicht anders. Miron blickte aus dem Fenster und bemerkte einen Kastenwagen vor dem Haus. `Wie zum Teufel hast du das bewerkstelligt? Wo kommen die denn so plötzlich her? ´ `Rufe nicht den Teufel an, niemals! ´ dachte der Oberst streng. `Merk dir das. Das kann üble Folgen nach sich ziehen. Worte sind Magie, weißt du? Sie können augenblicklich Kraft entfalten und sich verwirklichen. Während ihr zum Auto geschlichen seid, habe ich ein wenig telefoniert. Ich habe da meine eigenen Methoden. Wir können jede Technik beeinflussen. Du hast ja gesehen, was Michaela geschafft hat. Du kannst das auch!´ Miron fing an, den Mann, dem er den Rest seines Lebens böse sein wollte, zu bewundern und zu mögen. Nun ja, sie würden ja jetzt eine Menge Zeit mit einander verbringen. Und ja, er freute sich darauf. Sicher würde Danilow ihn unterrichten. Und ganz so einsam würde es in nächster Zeit auch nicht mehr um ihn herum sein. Ob er das überhaupt ertragen würde? Abwarten.

Eins hatte ihm der Oberst eingebläut, niemand durfte erfahren, dass er und Mediana seine Eltern waren. Zwei von Danilows Männern erschienen wieder in dem Raum. „Oberst Danilow!" grüßten sie zackig. Dann wandte sich einer der Männer an Miron. „Herr Schukow, mein Name ist Alexander Rekowski. Geht es ihnen und ihrer Freundin gut? Kann ich etwas für sie tun?" `Nein, es geht uns gut. Vielen Dank.`dachte Miron und sah wie der Mann ihn weiter anstarrte. Dann fiel ihm ein, dass der ja keine Gedanken lesen konnte und sagte schnell: „Vielen Dank Herr Rekowski. Es geht uns den Umständen entsprechend gut. Wir sind soweit wohlauf. Sie haben sicher viele Fragen. Aber im Augenblick würden wir gerne so schnell wie möglich nach Moskau zurückfahren. Wir brauchen Ruhe. Wir werden natürlich ihren Fragen zur Verfügung stehen. Ich würde heute aber gerne mit Oberst Danilow zurück nach Moskau fahren. So fühle ich mich sicherer. Könnte jemand dafür sorgen, dass mein Wagen, der hier um die Ecke steht, nach Moskau gefahren wird?" Rekowski jubelte innerlich.

„Aber selbstverständlich Herr Schukow. Sofern der Herr Oberst einverstanden ist natürlich." Danilow machte eine bestätigende Handbewegung. Michaela kramte die Autoschlüssel aus ihrer Jackentasche und übergab sie an Alexander Rekowski. „Es ist der dunkelblaue Mercedes vor dem kleinen Laden zwei Straßen von hier." „Ich habe den Laden vorhin gesehen Frau Sattler." Bestätigte Rekowski „Sie müssen wohl noch Tanken" sagte Michaela.

Oberst Danilow übergab Rekowski Bargeld.
„Wir fahren voraus Rekowski." Sagte er. Das
Paar braucht Ruhe. Teilen sie der Presse nur
mit, dass Schukow wieder aufgetaucht und
wohlauf ist. Das muss vorerst reichen, um
die Lage im Land zu beruhigen. Das
Verschwinden von Herrn Schukow hat ja
einige Wellen geschlagen. Besonders die
Fans sind beunruhigt und ganz aus dem
Häuschen. Weitere Informationen folgen
morgen. Wir beide, Rekowski, werden dann
auch die Befragung von Herrn Schukow und
Frau Sattler, sowie die der Verräter
übernehmen. Da wir die drei Entführer auf
frischer Tat ertappt haben, wird es reichen,
wenn wir das Paar sich erst einmal ausruhen
lassen. Oder was meinen sie Rekowski?"
Danilow bezog Rekowski absichtlich in die
Entscheidung mit ein. Er wusste, dass es
ihm schmeichelte. Und er war ein treuer
Mitarbeiter. Er würde nicht widersprechen.
Und wenn doch, hätte er die Möglichkeit,
seine Gedanken und seinen Willen zu
steuern. Er arbeitete aber nicht gerne mit
diesen Manipulationen, weil er in den freien
Willen der Menschen respektierte.

Manipulation gegen den freien Willen war eigentlich die Methode der Dunklen. Aber wenn es unbedingt notwendig war, war es ihm erlaubt.

Hatten Michaela und Miron in Innererde eine Frische und unendliche Energie gefühlt, so spürten sie jetzt auf Obererde eine bleierne Müdigkeit und sie schliefen bald auf dem Rücksitz von Danilows Limousine, die er ganz privat sein Eigen nannte, ein.

Ein ungehaltener dunkler Lord

„Verzeihen sie Lord Milford, man sagte mir, ich solle Meldung erstatten, wenn dieser Sänger wieder auftaucht." Dragon Milford saß am Schreibtisch und studierte ein Schriftstück. Er machte ein lässiges Handzeichen, ohne den Kopf zu heben. Das Zeichen wurde richtig gedeutet und der Bote fuhr fort: „Wesselow hat versagt. Er hatte Schukow und seine Begleitung wohl in Pskow inhaftiert. Der Sänger und seine Freundin wurden befreit und sind mit Danilow auf dem Weg nach Moskau. Es ist noch eine weitere Frau bei ihnen, die von uns noch nicht identifiziert werden konnte. Wesselow und seine Agenten wurden verhaftet. Soll ich veranlassen das sie befreit werden?" Milford rührte sich noch immer nicht, sprach aber mit leiser ruhiger Stimme. „Alles Versager. Wesselow soll selbst sehen, wie er da wieder rauskommt. Warum werde ich erst jetzt darüber informiert, dass Schukow in unserer Gewalt war?" Dimitry Below schluckte. Er war nur der Überbringer der schlechten Nachrichten. Aber die Geschichte wusste, wie man mit dem Boten umging. Die Versager waren derweil aus der Schusslinie. „Mylord," er versuchte es mit schmeicheln. Er wusste Milford liebte es, wie ein Adeliger angesprochen zu werden. „Mylord, sie wussten es nicht. Wesselow hatte uns darüber informiert, die Frau zu haben. Von Schukow war nie die Rede. Aber es ging gerade eine Pressemitteilung raus, dass Schukow von Wesselow entführt und vom Geheimdienst befreit wurde. Wir sind alle völlig überrascht. Milford setzte eine Unterschrift auf das Schriftstück vor ihm. „Gehen sie mir aus den Augen" war alles was er dazu zu sagen hatte. Um diesen armseligen Haufen von Amateuren würde er sich später kümmern.

Trauma, Wut und Heilung

`Wir sind da. ´ Michail Danilow war zügig nach Moskau gefahren. Während seine Kinder im Fond friedlich schliefen, hatte er mit Mediana erste Pläne geschmiedet. Pläne, die von ihren Kindern mitgetragen werden mussten. Es war nicht leicht, alle einen Hut zu bekommen. Michaela hatte sich, dank seiner Mutter, die sie in spirituellen Dingen sehr gefördert hatte, schnell an die neue Situation und an ihre Fähigkeiten gewöhnt. Michaela war erstaunlich. Sie hatte viel von Mediana geerbt. Miron war unbewusst sehr spirituell. Aber er war auch zynisch, skeptisch und hatte erstaunlicherweise, dafür dass er so berühmt und heißbegehrt war, ein zu geringes Selbstvertrauen, was er nach außen hin, jedoch gut zu überspielen wusste. Danilows Vater, der Miron aufgezogen hatte, hatte ihn zwar musikalisch, wie verabredet schulen lassen,- und der Junge hatte ja auch dieses Talent und die Ausstrahlung auf Menschen, aber das spirituelle hatte der Alte von Miron ferngehalten, weil er selbst nicht viel davon hielt. Er wollte Miron wohl damit schützen. Aber jetzt, wo es brenzlig wurde, könnte das zum Hemmschuh werden. Michaela war schneller wieder aufgewacht als Miron und hatte Michail und Mediana mit Fragen über Inner- und Obererde, Telekinese, Telepathie, Teleportation und ihre Familienverhältnisse geradezu bombardiert. Miron erwachte, als sie in die Tiefgarage seines Hauses fuhren. Sie fuhren mit dem Fahrstuhl in seine Penthouse Wohnung. `Woher hast du die Codes?´ fragte Miron, der sich zunächst wunderte, wie Michail überhaupt in die Tiefgarage hatte fahren können und jetzt mit Leichtigkeit den codierten Fahrstuhl bediente. Jede Wohnung hatte seinen eigenen Code. `Antworte gar nicht erst. Lass mich raten. Geheimdienstinformationen? Ihr habt mich überwachen lassen! ´ Zorn und Hilflosigkeit wallten in Miron auf. `Ich habe mich immer irgendwie beobachtet gefühlt. Was gibt es denn bei einem simplen Musiker auszuspionieren? ´ Danilow fühlte sich schuldig. `Miron, du bist nicht irgendein simpler Musiker. Du vergisst das du bist mein Sohn bist und ich fühlte mich immer für deine Sicherheit zuständig. Der Geheimdienst hat dich nicht ausspioniert. Ich als dein Vater hatte ein Auge auf dich. ´ Miron brummte und ging ins Badezimmer. `Ihr könnt euch schon mal ein Zimmer aussuchen. Es sind ja genug da. Du kennst dich hier ja scheinbar gut aus. – VATER! ´ grummelte er. Das letzte Wort spuckte er aus. Als er wieder ins Wohnzimmer kam, liefen die Nachrichten im Fernsehen. Miron Schukow, so hieß es, sei tatsächlich entführt und jetzt glücklich befreit worden. Er sei wohlauf. Mehr habe man bislang noch nicht erfahren können. Das Telefon klingelte. Miron sah auf das Display, verzog das

Gesicht und ging dann ran. `Akim! ´ „Miron, Miron bist du das?" Miron fiel ein, dass er ja sprechen musste. „Akim, ja ich bin es. Mir geht es gut." „Mensch Miron, du glaubst gar nicht, was für Sorgen ich mir gemacht habe. Hier war die Hölle los". „Na, wenn du das schon sagst, dann war meine Entführung wohl nur ein kleiner Urlaub, - was?" Miron reagiert seit einiger Zeit zunehmend sarkastisch auf seinen Manager Akim Orlow. „Mensch Miron, so war das doch nicht gemeint. Ich komme gleich rüber." „Nein, nein, ich brauche Ruhe. Ich bin in Sicherheit. Wir reden später, " antwortete Miron hastig. Der fehlte ihm hier gerade noch. `Sag ihm, dass du ihn anrufst. Nicht dass der hier morgen einfach auftaucht´ teilte Danilow ihm telepathisch mit. „Ich rufe dich morgen an. Bestimmt. Gib mir bitte Zeit. Ich habe viel zu verarbeiten. Außerdem muss ich ins FSB und meine Aussage machen." Setzte er hinzu. Orlow schien etwas enttäuscht zu sein, lenkte aber ein: „Na gut. Miron, wenn du etwas brauchst, melde dich. Hörst du? Ich mache mir Vorwürfe, nicht genug auf die geachtet zu haben." Miron grinste. Akim sonnte sich in seinem, Mirons, Ruhm und stand selbst gern im Rampenlicht mit allen Annehmlichkeiten. Der achtete mehr auf sich selbst als auf seinen Star. „Akim, mach dir keine Vorwürfe. So wie es gelaufen ist, ist es gut. Besser so, als wenn es noch ernsthaft Opfer gegeben hätte." Sagte er kryptisch. Sie hatten sich noch keine glaubhafte Geschichte für seine Entführung ausgedacht. Ob Akim von seinem Ausflug zu Leonid wusste, oder ob es herauskommen würde, war ihm unklar. Er würde gleich mal Leonid anrufen um heraus zu bekommen, ob der Geheimdienst ihn noch einmal verhört hatte. „Melde dich, Miron. Wirklich. Wir müssen viel bereden. Du weißt schon die Presse und so weiter. Einige Auftritte sind ausgefallen. Die Medien stehen bei mir Schlange." „Akim, eins habe ich gelernt. Geduld. Morgen ist auch noch ein Tag. Gute Nacht." Miron legte einfach auf. `Leonid Zwetkow wurde tatsächlich noch einmal verhört. Wesselow hat das veranlasst. Aber wir können das regeln. Wir werden diese Erinnerung der Männer austauschen. Um Leonid Zwetkow braucht ihr euch keine

157

Gedanken machen. Er gehört zu mir. ´ `Was soll das heißen er gehört zu dir? Er ist Musiker! ´ Danilow scharrte mit seiner Fußspitze. `Er hatte auch ein Auge auf deine Sicherheit. Nimm es ihm bitte nicht übel. Weißt du, so manches Mal hat dir jemand Drogen oder KO-Tropfen bei einer Party ins Glas getan und Zwetkow hat dafür gesorgt, dass du es nicht austrinkst. Guter Mann dieser Zwetkow. Und er singt auch noch gut. Bei seinen Rhythmen muss sogar ich mittanzen. Miron schaute ihn konsterniert an. `Wer in meinem Umfeld arbeitet noch für dich? ´ Danilow zögerte, fand es dann aber besser, gleich reinen Tisch zu machen. `Einer deiner Bodyguards, Anton, den ich mir noch vornehmen werde. Schließlich hat er nicht auf dich aufgepasst. ´ Miron machte eine wegwerfende Bewegung. Ich bin einfach losgelaufen, als Leonid mich angerufen hat. Es war, als würde ich gezogen. Das war Schicksal, oder Fügung. Da kann keiner etwas für. ´ sagte Miron versöhnlich und schaute Michaela an, die es sich auf der Sitz-und Liegelandschaft, die fast das halbe Wohnzimmer einnahm, bequem gemacht hatte. `Michaela, ich glaube es musste alles so kommen. Da stecken Mächte dahinter, die nicht einmal unsere Eltern kennen und beeinflussen können.´ Mediana und Michail nickten sich bedächtig an. Miron ärgerte sich, dass die Beiden zwar die Gedanken ihrer Kinder lesen konnten, Michaela und er aber nicht die Gedanken ihrer Eltern. So langsam gewöhnte er sich an das Wort: Eltern. `Ich habe uns etwas zu Essen mitgebracht. Mein lieber Freund Timko Deezer hat uns ein, wie ihr es nennt, Fresspaket geschnürt. ´ Sie nahm ihre Tasche auf und schaute Miron an. `Wo ist die Küche mein lieber Sohn? ´ Mirons Herz öffnet sich bei diesen Worten unwillkürlich. Es weitete sich immer weiter. Spontan trat er auf Mediana zu und umarmte sie heftig. Dann begann er zu schluchzen und schließlich brachen sich seine Emotionen Bahn. Mediana hatte ihre Tasche losgelassen und wiegte ihn jetzt wie ein Kind in ihren Armen. All seine Gedanken der Trauer, der Einsamkeit und das Verlassen seins seit seiner Kindheit durchflutete sie, so dass auch ihr nun kleine

159

feine Tränenkristalle aus den Augen traten und zu Boden fielen. Miron brauchte lange, bis er sich wieder beruhigt hatte. Schließlich löste er sich aus der Umarmung, bückte sich, nahm die Kristalle vom Boden auf und betrachtete sie im Licht. `Was ist das? ´ fragte er irritiert. `Meine Rasse weint nur sehr selten. Aber wenn wir überwältigt sind, weinen wir keine Tränen, sondern kleine Kristalle. Behalte sie Miron, es sind deine. In ihnen sind die Informationen und Emotionen gespeichert, die ich gerade mit dir durchlebt habe. ´ Miron ging in die Küche, holte eine Streichholzschachtel, entleerte sie und legte behutsam die 5 kleinen Kristalle hinein. Mediana werkelte derweil in der Küche. Michaela trat auf Miron zu. `Wir haben uns noch nicht einmal als Bruder und Schwester umarmt. ´ Sie nahm ihn nun auch in den Arm. Er schmiegte sich an sie und genoss die unverbindliche Zärtlichkeit. Seine Seele begann zu heilen. Er schaute auf und winke Michail Danilow zu sich heran. Er umarmte sie beide und so bauten sie, unbewusst, einen magischen Kreis um sich herum auf.

160

Dann kam Mediana zurück ins Wohnzimmer, sah die Szenerie und verlor noch einmal zwei Tränenkristalle. Sie aßen wunderbare fremdartige Gerichte, von Pflanzen, die weder Miron noch Michaela kannten, aber vorzüglich schmeckten. `Na, keine Hühnersuppe Miron?´ fragte Michaela und alle lachten herzlich. Sie besprachen sich, was Miron der Presse, sowie Mirons Manager, und seinem Sicherheitsstab erzählen sollte. Auch die Rolle die Michaela, Mediana und Michail jetzt in Mirons Leben spielten, musste nach außen hin plausibel erklärt werden. Danilow wollte sich weiterhin als oberster Sicherheitsmann um Miron kümmern. Tag und Nacht. Sie hatten beschlossen, sich jetzt nicht trennen zu lassen, bevor sie wussten was und vom wem hier Gefahr ausging. Michail hatte schon im Voraus mit Präsident Putin geklärt, dass er den Geheimdienst verlassen und sich zukünftig um seine Familie kümmern wollte. Rekowski würde ein fähiger Nachfolger werden. Michaela konnte vorerst Mirons neue Partnerin darstellen und Mediana deren Schwester.

Mediana und Michail teilten sich ein Zimmer. Michaela schlief auf der Couch und Miron verzog sich in sein Schlafzimmer.

Eine rührende Entführungsgeschichte

Am nächsten Tag fuhren sie ins FSB Hauptquartier. Zunächst mussten sie sich mit dem Wagen durch einen Pulk von Fans und Journalisten kämpfen, die das Haus Mirons belagerten. Wie auch immer sie herausgefunden hatten, wo er wohnte. Rekowski hielt sich während der Befragung wohltuend zurück, so dass Michaela und Miron ihre Geschichte zum Besten geben konnten. Miron berichtete, dass er sich nach dem Konzert mit Michaela in der Tiefgarage habe treffen wollen. Plötzlich seien Männer aufgetaucht und Miron und Michaela seien, unter der Verfolgung, nach Pskow geflohen. In Pskow hätten sie dann in dem kleinen Laden etwas einkaufen wollen und wurden beim Wiedereinsteigen in den Wagen betäubt und verschleppt. Um Hilfe zu rufen, darauf wären sie in all dem Chaos vorher nicht gekommen. Außerdem sei Mirons Akku leer gewesen. Rekowski ließ sich seine Skepsis nicht anmerken. Zudem hatte er selbst Schukow und die Sattler in der Gewalt von Wesselow und seiner Agenten vorgefunden. Er wusste, dass sein Chef gerne Alleingänge tätigte. Aber immer war es gut ausgegangen und hatte auch Gutes bewirkt. Und man konnte ja nie wissen, ob nicht auch der oberste Chef von Allem, der Präsident Russlands, seine Finger mit im Spiel hatte. Da fragte man lieber nicht nach. Wesselow und seine Agenten hatten gestern Abend noch Stein und Bein geschworen, nur die Sattler in Haft genommen zu haben, in der Meinung, sie habe Schukow entführt. Warum die DNA von Miron Schukow auf ihnen haftete und er mit ihnen in der Zelle war, konnten sie nicht erklären. Komischerweise hatten Wesselow und seine Männer heute Morgen ihre Aussagen plötzlich revidiert und dann genau das zu Protokoll gegeben, was Schukow und Sattler jetzt aussagten.

Michail Danilow hatte alle Spuren zu Leonid Zwetkow verwischt und Leo würde dichthalten. Als nächstes hatte Miron eine Pressekonferenz durchzustehen. Er traf sich vorher mit Akim Orlow, teilte ihm knapp mit, was sich ereignet hatte, wie er sich während der Pressekonferenz präsentieren wollte und was sich in Zukunft bezüglich seiner Sicherheit verändern würde. Er habe jetzt einen Leibwächter vom Geheimdienst der ihn Tag und Nacht bewachen und dementsprechend auch bei ihm wohnen würde. Er stellte ihm Michaela als seine Freundin und Mediana als deren Schwester vor. Auch die würden jetzt stets mit ihm Umgang haben. Akim wollte zunächst protestieren. So bestimmend kannte er Miron gar nicht. Aber dann stimmte er doch zu, bevor Miron noch auf die Idee kam, das ganze Management auszutauschen. Miron hielt die Pressekonferenz sehr kurz, ließ kaum Fragen zu und ging schnell wieder, mit dem Hinweis, dass er sich jetzt erst einmal erholen müsse. Die Fans sollten sich aber keine Sorgen um ihn machen. Er habe schon wieder große Pläne, eine neue CD sei in

Arbeit und er plane auch wieder eine Konzertreihe. Dann düste er mit seiner Familie nach Barwicha zu Leonid Zwetkow. Es wurmte Miron, dass Michail und Leonid sich wie alte Freunde begrüßten. Miron war jetzt zurückhaltender Leonid gegenüber, seit er wusste, dass der ihn sozusagen bespitzelt hatte. So fühlte es sich für Miron jedenfalls an. Dieser aber stürzte sogleich auf Miron zu und drückte ihn herzlich an sich.

„Mensch Miron, ich mache mir solche Vorwürfe, euch nicht in jener Nacht hier bei mir behalten zu haben. Was habt ihr nur durchgemacht. Wenn du magst, kannst du es mir später erzählen." Leo klopfte ihm freundschaftlich auf die Schulter. Miron schaute zu Michail, der ihn flugs gedanklich informierte, dass Zwetkow wie alle anderen glaubte, sie seien in Pskow nach einer Verfolgungsjagd gekidnappt worden. Er sei nicht voll eingeweiht. Miron gab sich versöhnlich und bevor sie ins Studio gingen, sprachen sie sich bei einem Kaffee aus. Miron wollte Michaelas Traum von der Rockoper unbedingt verwirklichen. Und Leonid hatte Michaela zuerst entdeckt. Dass musste man ihm lassen. Aber er wollte den Beiden helfen, so gut es ging. Und es machte ihm auch unheimlichen Spaß. Sie arbeiteten bis tief in die Nacht.

Ein ratloser Lord

Lord Dragon Milford stand, mit hinter dem Rücken verschränkten Händen, vor seinem Schreibtisch. Vor ihm saßen, wie arme Sünder, Igor Komarow und Artjom Barajow. „Wie konnte euch entgehen, dass Schukow in unserer Gewalt war?" Die Männer sahen einander an, unschlüssig wer von ihnen antworten sollte. Keiner wollte sich hervorwagen. „Komarow!" bellte Milford. „Mylord, Wesselow hatte uns mitgeteilt, dass Schukow wie vom Erdboden verschwunden sei. Er schnappte sich seine Freundin Michaela Sattler, als die in Schukows Auto alleine nach Moskau zurückfahren wollte. Dass ist es was er uns mitteilte." „Kann Schukow sich im Auto versteckt haben und Wesselow hat ihn heimlich, für seine eigenen Zwecke sozusagen, mitgenommen?" Die Männer zuckten mit den Schultern. „Mylord, wir haben uns voll und ganz auf Wesselow verlassen. Wir wissen nicht, ob er noch eigene Spielchen gespielt hat. Oder ein Maulwurf ist." Milford wippte mit den Füßen. „Wo ist der Musiker jetzt?" Artjom Baranow wagte sich vor:

„Er ist derzeit im Haus eines Musikerkollegen. Leonid Zwetkow. Oberst Michail Danilow, die Sattler und noch eine weitere, uns noch unbekannte junge Frau, sind bei ihm. Die drei weichen ihm keinen Zentimeter von der Seite. Das Danilow sich so intensiv um den Sänger kümmert, ist ungewöhnlich und muss einen speziellen Grund haben." Milford knackte mit seinen Fingergelenken. Danilow hatte ihm schon so manche Tour versaut. Und wo Danilow war, war Putin nicht weit. Im übertragenen Sinne. Danilow führte alle Befehle Putins diskret und sicher aus. Aber warum sollte sich Putin für einen Showknaben interessieren? Was steckte dahinter. Wieso hatte Wesselow verschwiegen, dass er den jungen Mann in seiner Gewalt hatte? Die Frau war ja dann völlig überflüssig. Die hätte man beseitigen können. Er hatte geglaubt in Wesselow einen treuen Maulwurf im FSB zu haben. Und er hatte auch stets gute Informationen geliefert. Ein weiterer seiner Männer im FSB hatte ihm berichtet, dass Wesselow und seine Agenten die Entführung Schukows zunächst geleugnet und dann gestanden hatten. Das war ein grober Schnitzer. Er hatte Anweisung gegeben immer bei nur einer Geschichte zu bleiben. In letzter Zeit entglitten ihm die Fäden, die er zog, mehr und mehr. Es galt die Jahrtausende alte Agenda durch zu setzen. In allen Ländern der Welt arbeitete sein Bund mit Eifer daran. Meistens mit Erfolg. Nur Russland und China waren schwer zu beeinflussen. Dabei hatten sie Russland, unter Präsident Jelzin, schon praktisch in der Hand. Bis Putin an die Macht kam und alte Verträge zurücknahm und sich daran machte, Russland seine alte Stärke zurück zu geben. Immerhin hatten sie einige Länder der alten Sowjetunion auf ihre Seite ziehen können. Aber es gelang ihnen einfach nicht Putin zu entmachten. Auch der hatte mächtige Freunde. Mächtige Freunde die seine, Milfords, Feinde waren. Ja so lief das Spiel seit Jahrtausenden. Er wollte Schukow auf seine Seite ziehen. Ihn gegeben falls umdrehen. Dieser sehr bekannte und beliebte russische Superstar konnte Einfluss auf Millionen von jungen Menschen in Russland nehmen und ihnen eine Agenda diktieren, natürlich in Milfords Sinne. An Putin war ja nicht heranzukommen. Hatte Wesselow den Plan verraten? Aber der wusste ja nicht wirklich viel, sondern war auch nur ein skrupelloser Knecht der Milfords Aufträge durchführte und dabei nur seine eigenen Vorteile im Blick hatte. Was hatte Danilow mit Schukow zu tun? Er musste es herausfinden. „Was ist mit der Frau? Schukows neue Freundin? Schon eng genug mit ihm verbandelt um ihn mit ihr unter Druck zu setzen?" „Wir werden es herausfinden. Sollen wir sie, wenn sich die Gelegenheit ergibt, einkassieren?" Milford dachte einen Moment nach. „Wenn sich die Gelegenheit ergibt, schnappt sie euch. Schaden kann es nicht. Vielleicht

169

können wir Schukow dadurch überreden, mit uns zusammen zu arbeiten. Findet alles über sie heraus. Und keine Unsauberkeiten mehr. Ich will lückenlose Überwachung und Berichte." Er drehte den Männern den Rücken zu. Dass Zeichen dafür, dass sie entlassen waren. Sie verließen zügig das Arbeitszimmer, waren sie doch heute noch relativ glimpflich davongekommen.

Keine Auszeit für Miron

Miron schaute Akim Orlow missmutig an. „Miron, du hast leider einige Termine verpasst. Und dass ist nicht deine Schuld. Natürlich nicht. Wer kann schon etwas dafür, entführt zu werden. Aber wir müssen jetzt an deine Verpflichtungen denken. Ich weiß du bis müde. Aber nächste Woche steht dein Konzert im Eis-Palast in Stankt Petersburg an. Es ist wie immer ausverkauft. Und du musst noch Proben. Das Kempinski-Hotel ist gebucht. Wie du gesagt hast, zwei mit einander verbundene Suiten, für dich und deine neue „ständige" Begleitung."

Akim konnte sich noch nicht damit abfinden, dass jetzt noch drei Fremde in Mirons Nähe waren und ihn beeinflussen konnten. Das erschwerte ihm seine Arbeit. Miron sollte den Kopf völlig frei haben, komponieren, texten, auftreten, Videos und auch mal einen Kinofilm drehen. Der Terminkalender war voll. Da war kein Platz für private Amüsements und da passte auch keine Freundin rein, die seinen, Akims, Star für sich beanspruchte. Das gab nur Ärger. Immer.

" Und auch wenn du es nicht gerne hören willst, ist deine Popularität und das Interesse an dir natürlich noch einmal weiter enorm gestiegen." Miron wollte von all dem nichts mehr wissen. Er brauchte Zeit alles zu überdenken. Seine Karriere war ihm gerade ziemlich egal. Er musste sich an seine neue (alte) Familie gewöhnen. Dann die Sache mit der Telepathie. Und Inner-Erde. Sein Nah-Tod-Erlebnis, die Begegnung mit seinem verstorbenen Großvater. All das komische Zeug vom Licht und der Kraft und dass Michaela Stahl schmelzen und wieder

171

zurück schmelzen konnte. Sein Vater, er nannte ihn mittlerweile hinter der Hühnersuppenwand so, hatte ihm gesagt, er, Miron, könnte so was auch. Und er würde es ihm auch beibringen, wenn er nicht von selbst darauf käme. Da störte die Arbeit jetzt. Er musste erst einmal mit seinen Erfahrungen der letzten Tage klarkommen. Aber all das durfte er Akim nicht erzählen. Das kam noch hinzu. „Wirst du deine Entführung in einem Lied verarbeiten? Das würde sich bestimmt gut verkaufen," konnte Akim sich nicht verkneifen. „Du willst mein Elend ausschlachten?" empörte Miron sich. Mittlerweile hatte er sich an die Wechsel zwischen Sprache und Telepathie gewöhnt. „Nein, nein, nur, manchmal kann man ein Trauma besser musikalisch verarbeiten. Weißt du noch, als Veronika dich Knall auf Fall für diesen Bodyguard verlassen hat? Du hast Rotz und Wasser geheult. Dann hast du ein Lied darüber komponiert, einen Nummer Eins Hit, und danach ging es dir wieder gut." „So läuft das diesmal nicht Akim. Das hier ist kein einfacher

Liebeskummer, den man sich mal eben so von der Seele singen kann. Das geht viel tiefer." „Soll ich dir einen Psychologen besorgen, oder eine Psychologin?" „Ach Akim. Gib mir Zeit. Ich sage dir schon, wenn ich etwas brauche oder ich kümmere mich dann selbst darum." Miron war es leid mit Akim zu diskutieren. „Aber Miron, du brauchst dich doch um nichts zu kümmern. Dafür bin ich doch da!" ereiferte sich Akim, der schon bildlich seine Felle wegschwimmen sah. Das waren ja ganz neue Töne von Miron, der es seit fast zwei Jahrzehnten gewohnt war, dass man ihm die Trivialitäten vom Hals hielt und dass man ihn von vorne bis hinten bediente. Ihm quasi den Hintern hinterhertrug. „Akim, es wird Zeit, dass ich erwachsen werde und mein Leben selbst in die Hand nehme. Das ist mir während meiner, wenn auch kurzen, Gefangenschaft klar geworden." Die Lüge ging ihm schwer von den Lippen. Er hasste Unehrlichkeit. Andererseits wollte er sich ja wirklich unabhängiger machen. Also nur eine halbe Lüge. Aber eine Lüge war eine Lüge und zog niemals Gutes nach sich. Um sie aufrecht zu erhalten, mussten meistens weitere Lügen folgen. Langfristig rächte sich eine Lüge immer. Akim grummelte. Dann sagte er: „Ach ja, da das Interesse an dir, wie schon gesagt, derzeit noch größer ist, wird das Konzert in Sankt Petersburg live im ersten Programm ausgestrahlt. So was gab es auch noch nie. Du bist aber auch in allem der Vorreiter." Akim klopfte Miron versöhnlich auf den Oberarm. „In Ordnung" lenkte Miron ein. Wer wusste schon, wofür das gut war. Sein Lampenfieber würde sich dadurch nicht gerade abkühlen. „Bis dahin aber keine weiteren Auftritte. Kein TV, keine Interviews. Keine Fotoshootings. Hörst Du?" Akim hob bestätigend den Daumen.

Vier Tage später fuhren Miron, Oberst Danilow, Michaela und Mediana nach Sankt Petersburg. Miron hatte alle Hände voll zu tun mit Kostümproben, Gesangsproben, Tanzproben. Zwischendurch wollten Journalisten ein Interview, obwohl Orlow ihm versprochen hatte, diese abzuweisen. Aber Presse und Fernsehen ließen sich nun mal nicht immer kontrollieren, denn sie waren wie gefräßige Raubtiere und brauchten immer mehr Futter als sie und ihre Konsumenten eigentlich verdauen konnten.

Mediana und Michaela wollten sich am Tag des Konzerts neu einkleiden. Und Miron und Michail hatten nichts dagegen. Die beiden Frauen fuhren mit Mirons Mercedes in die Innenstadt. Eine Stunde später, erhielt Oberst Danilow plötzlich einen düsteren Gedankenimpuls. Er wurde unruhig, versuchte aber, Miron nichts anmerken zu lassen. Die dunkle Macht hatte seine Hände nach ihnen ausgestreckt.

Die dunkle Macht mit neuer Beute

Mirons Handy klingelte. Er sah, dass es eine unterdrückte Nummer war und wollte eigentlich nicht ran gehen. Michail Danilow hob die Augenbrauen. `Miron, geh ran. Und was auch immer der andere Teilnehmer will, sage laut genau, dass was ich dir telepathisch sage. Hörst Du? Genau, dass,

175

auch wenn es dir nicht richtig vorkommt. Es ist sehr wichtig. Und du musst ganz ruhig bleiben. Vertrau mir. ´ Miron zögerte, nickte, holte tief Luft und nahm das Gespräch an. „Herr Schukow" schnarrte es sogleich aus dem Gerät. „Sie haben sich ja lange Zeit gelassen, ans Smartphone zu gehen. Aber gut, dass sie das Gespräch angenommen haben. Es ist nur zu ihrem Besten. Wir müssen uns treffen." Miron horchte in sich hinein und nickte angespannt. „Sie kennen also meinen Namen und haben meine Nummer. Vorgestellt haben sie sich aber noch nicht. Mit wem habe ich es zu tun?" es lachte hämisch am anderen Ende der Leitung. „Das tut nichts zur Sache. Aber wenn es sie wirklich interessiert, fragen sie Oberst Danilow. Der scheint ja jetzt ständig an in ihrer Nähe zu sein. Nun zu meinem Anliegen. Wir haben ihre Freundin!" Miron zog die Luft zwischen dem Zähnen ein und schaute Danilow an. Dann sagte er so ruhig er konnte: „Sie haben Veronika? Die können sie mit Handkuss behalten. Ich bin froh, dass ich die los bin. " Am anderen Ende wurde gezögert. „Nein, nein, wir haben die

176

Sattler!" Mirons Herz setzte aus. Dann schaute er sich irritiert um. Danilow sandte ihm beruhigende Frequenzen ins Herz und ließ ihn sagen: „Sattler? Wer soll das sein?" „Stellen sie sich doch nicht so dumm!" polterte es aus dem Hörer. Michaela Sattler, ihre neue Freundin. Die mit der sie seit Tagen durch die Lande ziehen. Wir wollen mit ihnen Reden Herr Schukow. Von Mann zu Mann. Ohne ihren Leibwächter oder sonstigen Anhang. Es wird nicht zu ihrem Schaden sein, wenn sie kooperieren. Ansonsten haben wir ja immer noch ihre Freundin." Mirons Herz drohte zu erstarren. Aber Danilow legte nun seine Hand auf seinen Rücken in Höhe des Herzens. Warme beruhigende Wellen durchströmten Miron. Wie konnte Michail nur so ruhig und besonnen bleiben. Es ging doch um seine Tochter. In dem Moment öffnete sich die Zimmertür und Michaela stürmte herein. Miron und Michail starrten sie mit offenem Mund an. Danilow hob sofort die Hand um Michaela, die gerade laut zu reden beginnen wollte, zu stoppen. `Sei still, kein Wort, nur Telepathie,´ drohte Michail ihr und zeigt mit

177

der Hand auf Miron und das Handy. Miron sprach schnell ins Telefon: „Einen Moment bitte,- mein Manager kommt gerade rein." `Was ist passiert? ´ fragte Michail Michaela. Die holte tief Luft: `Männer wollten mich entführen. Es kam zu einem Handgemenge. Mediana ging dazwischen. Irgendwie wurde ich plötzlich zwei Straßen weiter katapultiert und Mediana ist seitdem verschwunden. Ich kann sie nicht finden. ´ Danilow lächelte, wandte sich wieder an Miron und ließ ihn sagen: „So eng bin ich mit Michaela noch gar nicht. Aber ich bin bereit mit ihnen zu reden. Ich habe aber jetzt Verpflichtungen die ich nicht aufschieben kann. Ich gebe heute Abend ein Konzert und muss auch noch proben. Ich bin bereit morgen mit ihnen zu reden. Lassen Sie es Michaela bis dahin gut gehen. Sie ist nur eine einfache Frau." Es folgte ein Schnaufen und dann eine lange Pause. „Sie habe ja Nerven Schukow. Aber sei es drum. Wir melden uns morgen Vormittag. Sehen sie zu, dass sie Danilow aus dem Weg bekommen. Wir wollen nur mit ihnen allein sprechen." Miron schaute Michail an. Der nickte grinsend. Warum grinste der? War er nicht besorgt um Mediana? „Ok" sagte er dann ins Telefon. Die Leitung wurde von der Gegenseite unterbrochen. Miron stürzte auf Michaela zu und er umarmte sie heftig. „Ela, was ist passiert?" „Ela? Was? Na gut. Du darfst mich ausnahmsweise so nennen." Sie setzten sich auf das Schlafsofa. Ich wollte ja mit Mediana etwas einkaufen. In der Tiefgarage des Einkaufszentrums hielt plötzlich ein Wagen neben mir. Männer wollten mich hineinzerren. Mediana war plötzlich blitzschnell neben mir. Sie fasste mich am Arm, mir wurde schwarz vor Augen und plötzlich war ich an der Oberfläche zwei Straßen weiter. Ich weiß nicht wie das passiert ist. Ich bin dann zurück zur Tiefgarage, aber dort war nur noch dein Benz. Ich bin dann so schnell wie ich konnte hierher gefahren. Ich konnte euch Telepathisch nicht erreichen, ich weiß nicht warum. Vielleicht weil ich so aufgeregt war. Und mein Handy liegt, mal wieder, hier irgendwo herum." Michail ließ sich nun auch auf das Sofa fallen. `Vater was machen wir denn nun? ´ Michail ging das Herz auf. Es war das erste Mal, dass Miron ihn aus ehrlichem Herzen heraus Vater nannte. Bisher hatte er das tunlichst vermieden.

`Junge, wir machen gar nichts. Du probst weiter und gibst dein schönes Konzert. ´

`Aber wie kann ich auftreten, wenn meine Mutter in Gefahr ist? ´ Danilow stand wieder auf, zog auch seine Kinder hoch und nahm jedes von ihnen in einen Arm. `Sorgt euch nicht um eure Mutter. Sorgt euch lieber um die Entführer. Mediana hat etwas sehr Kluges getan. Sie hat dich Michaela aus der Schusslinie teleportiert. Ich schätze mal, dass sie dann deine Gestalt angenommen hat. Ihr wisst ja, dass sie ihre Gestalt wandeln kann. Deshalb glauben diese Leute, sie hätten dich, in ihrer Gewalt. Vermutlich will Mediana herausbekommen mit wem wir es zu tun haben und ist deshalb mit in die Höhle der Löwen gegangen. Sie braucht außerdem auch eine kurze Weile, um sich zu regenerieren. Das dauert auf der Ober-Erde länger, als in Innererde. Hier oben ist die Materie sehr träge. In Innererde bewegt sie sich wie ein Fisch im Wasser. Seid unbesorgt, sie hat alles im Griff. Vertraut ihr! ´ Michaela zog Miron und Michail enger an sich und klammerte sich an sie. So bildeten sie wieder einen Energiekreis der sie noch weiter zusammen schweißte.

Dann löste sich Michaela von ihnen und fragte: `Vater, jetzt sag es endlich, mit wem haben wir es hier zu tun? ´ `Mit Menschen mein Mädchen. Nur mit ganz normalen, bösen und gefährlichen Menschen. Sie selbst sind nicht mächtig. Das glauben sie nur. Sie sind nur Marionetten einer anderen großen und bösartigen Macht. Ich habe euch schon von ihnen erzählt. Die alten Schriften nennen sie Archonten. Sie kommen aus dem All und sind hier, nach einer erfolglosen Übernahme der Erde, gestrandet. Sie verkörpern sich nur sehr selten und ungern, obwohl das der einzige Weg zu ihrer Erlösung ist. Die Archonten sind emotionslose Wesenheiten, die sich von Trauer, Schmerzen und vor allem von der Angst der Menschen und auch der Tiere ernähren. Diese negativen Emotionen brauchen sie wie wir die Luft zum Atmen. Deshalb benutzen sie schwache Menschen als ihre Werkzeuge. Sie locken, sie versprechen ihnen Macht und Reichtum damit sie für sie foltern und morden. Sie bringen Leid über die Menschheit und die Tierwelt, um sich an ihrer Trauer und ihrem Schmerz zu laben. Es ist eine satanische dunkle Macht. Darum ist es wichtig, möglichst immer positiv zu denken. Nur die Liebe, das Vertrauen, der Mut und das Licht schützen unsere Seelen vor diesen Wesen. Die Archonten können selbst nichts erschaffen. Sie sind nicht kreativ und bewundern die Menschen insgeheim für ihre Schaffenskraft und ahmen sie nur nach. Wenn sie böses erschaffen wollen, benötigen sie auch willfährige schwache Menschen dafür, um ihr eigenes Karma zu schonen. Diese Menschen glauben dadurch Vorteile zu erhalten. Sie träumen gar davon die Welt zu regieren. Sie nennen sich selbst Elite und fühlen sich über Jedem und Allem stehend. Gesetze gelten, nach ihrer Ansicht für andere und nicht für sie selbst. Und dabei sind sie maßgeblich an der Installation von Gesetzen zu ihrem eigenen Vorteil verantwortlich. Aber in Wirklichkeit sind sie armselige Gestalten und letztlich müssen auch sie irgendwann einmal ins Licht. Aber noch wollen sie nicht. Sie tun alles dafür, um die Welt in der Dunkelheit und Negativität zu halten. Sie kontrollieren Politiker, Kirchenfürsten, Künstler und die Medien um die Menschen in ihrem Sinne zu beeinflussen. Sie zetteln Kriege an und wenn es ihnen gefällt, können sie mit ihrer geheimen Technik auch Tsunamis oder Vulkane auslösen. Das Licht scheuen sie wie das Feuer das Wasser. Und das ist unser ewiger Kampf. Der Kampf Licht gegen Dunkelheit. Das Gute gegen das Böse, wenn ihr so wollt. Aber ganz so ist es nicht. Denn die Archonten sind in sich selbst nicht wirklich böse. Sie wissen es nicht besser. Sie kennen ja nur das Eine und glauben sich auch im Recht. Sie ernähren sich vom Übel, säen das Leid um es zu ernten und davon zu existieren und zu überleben. Sie fühlen sich so wenig im Unrecht, wie Menschen sich nicht im Unrecht fühlen, Tiere zu mästen, in Käfigen zu halten, sie zu töten und zu essen. Genauso machen es die Archonten mit den Emotionen der Menschen. Wir kämpfen dafür, die Menschen im Licht zu halten. Im Gleichgewicht und in der Freude. Du Miron, du verbreitetest sehr viel Freude. Dass hassen die Archonten. Dafür hassen sie dich und schicken dir Neider und Hasser um dich in die Dunkelheit und Depression zu führen, da sie auf andere Weise nicht an dich herangekommen können. Mediana und ich arbeiten für die Loge des Lichts. Wir bekämpfen die böse Kraft. Und jetzt wollen sie dich unbedingt kontaktieren. Natürlich nicht die Archonten selbst. Es sind ihre Marionetten. Sie wollen dich ins Elend stürzen, dich ins Negative umpolen, damit du in ihrem Sinne Elend unter deinen Fans verbreitest oder sie so verführst, dass sie sich dem Negativen zuwenden. Das ist ein Rattenschwanz. Wir wollen so viel Licht, Liebe und Freude wie nur möglich verbreiten. Darum Kinder, versucht stets negative Gedanken zu vermeiden. Habt Liebe und nicht Hass im Herzen. Wenn Euch ein negatives Gefühl zu übermannen scheint, erschafft sofort positive Gedanken und Gefühle, auch wenn es euch schwerfällt. Visualisiert das Licht in eurem

Herzen. Denkt an die stärkste Liebe, an die größte Freude die ihr jemals hattet und versucht es noch zu verstärken. Labt euch an dem positiven Gefühl. Das ist dann euer Schutzschild. Helft anderen Menschen, Tieren und Pflanzen, wo immer ihr die Möglichkeit habt. Und wenn ihr das durchgehend praktiziert, wirkt diese Liebe, dieses positive Gefühl langfristig wie eine Droge und lässt euch alles leichter ertragen. ´ Miron und Michaela schauten ihn mit offenem Mund an. `Vater, ich kann eine Menge von dem was du erzählst, nachvollziehen. Und trotzdem müssen wir noch so viel lernen. Warum wird uns Menschen so etwas nicht in der Schule gelehrt, damit wir uns von Anfang an wehren und schützen können? ´ `Michaela, wer hat das Bildungswesen unter sich, die Medien, die Religionen? Wer kann Einfluss nehmen und euch erwecken, oder eben im Schlafmodus halten? Schau immer genau hinter die Kulissen, aber verurteile nicht. Registriere es, aber urtelle auf keinen Fall. In der Sekunde, wo du ein Urteil über andere fällst, verlierst du ein wenig von dem Glanz deines Lichts. Nimm zu Kenntnis, aber urteile nicht und kämpfe nicht mit dem Verstand dagegen an. Kämpfe immer mit dem Herzen, sozusagen deinem Bauchgefühl. Dein Verstand ist indoktriniert. Und dein Verstand kämpft nur um das biologische Überleben. Das Licht, die Seele und das Überbewusstsein sind ihm suspekt. Darum kämpft dein Verstand immer auch gegen dich um selbst zu überleben. Dein Herz aber ist rein und will immer nur das Beste für dich. ´ Michaelas Augen leuchteten. `Das habe ich schon oft festgestellt. Wenn ich aus dem Bauch heraus etwas entscheide, geht es immer gut für mich aus. Nicht immer sofort, aber es stellt sich langfristig, oft viel später heraus, dass es im Nachhinein so doch gut für mich war. Meistens mischt sich dann aber mein Verstand ein und fängt an das für und wider abzuwägen. Diese Verstandesentscheidungen enden meistens in einer Enttäuschung. ´ `Das stimmt Michaela ´ stimmte Miron ihr zu. `So in etwa habe ich das auch schon oft erlebt. Oh Mann, wir müssen das unbedingt unter den

Menschen verbreiten, ich könnte doch beim Konzert...´ `Nein Miron, ´ mahnte Michail. `Breche nichts übers Knie. Die Menschen nehmen immer nur so viel an, wie sie verstehen und ertragen können. Je nachdem, wie weit sie durch Staat, Kirche und Medien beeinflusst wurden. Sie würden dich nur ins Lächerliche ziehen. Tue dir das nicht an. Gehe subtil vor. Und das hast du ja bisher, unbewusst, auch getan. In deinen Liedern, in deinen Interviews, mit deinem Humor. Du kannst die Botschaft des Lichts in vielerlei bunten Verpackungen in kleinen Dosen verteilen. Dann zieht sich jeder das heraus, was er gerade braucht. ´ Miron nickte. `Das verstehe ich. Wir müssen klug vorgehen. Aber was mache ich nur heute beim Konzert? ´ Michail Danilow lächelte ihn weise an. `Das mein lieber Sohn, ´ Tränen schossen ihm in die Augen. Sein Herz quoll über Liebe für Miron. Endlich, nach so langer Zeit, durfte er Umgang mit seinem Sohn haben. Und er genoss es in vollen Zügen. ` Dass wirst du spontan aus dem Bauch und aus dem Herzen heraus entscheiden. Geh auf die Bühne, singe,

187

tanze, erfreue deine Fans und erfreue dich an ihren positiven Gefühlen für dich. Mache dir keine Sorgen um deine Mutter. Vertraue ihr und ihrer Kraft. Ihr kennt sie noch nicht gut genug. Sie ist wirklich sehr mächtig. ´

Schweren Herzens begab sich Miron wieder an die Proben mit seinen Musikern, Tänzern Toningenieuren und Beleuchtern. Er war nur mit halbem Herzen dabei. Akim Orlow und sein Team, sie alle hatten Nachsicht mit ihm, dachten sie doch, Miron habe seine vermeintliche Entführung noch nicht verarbeitet. Mirons Gedanken schwirrten um Mediana und dass, was Michail ihnen erzählt hatte. Vieles wurde ihm jetzt immer klarer. Er schaute die Welt nun mit ganz anderen Augen an. Aber es ging alles zu schnell für seinen Verstand. Ach ja, den sollte er ja so weit wie möglich ausschalten, dann wurde alles leichter. Miron konzentrierte sich auf seinen Großvater. Der Augenblick wo ihm dieser seine erste, heißersehnte und doch eigentlich unerreichbare, Gitarre schenkte. Dieses Glücksgefühl schob sich nun in den

Vordergrund, erfüllte seinen Brustraum. Tränen des Glücks schossen ihm in die Augen. Genau das war es wohl, was Michail gemeint hatte, als er sagte, man solle negative Emotionen durch positive Erinnerungen und Emotionen ersetzen. Es wurde Miron leichter ums Herz. Nach den Proben zog er sich mit Michail und Michaela in seine Garderobe zurück. Michail und Michaela nahmen viel Rücksicht auf ihn, zogen sich in eine Ecke zurück und ließen ihm seine Ruhe. `Miron denkt immer noch viel an Mediana´ teilte Michaela Michail mit. Der nickte wissend. `Aber er kann seine Gedanken schon ziemlich gut kontrollieren, ohne dass ich ihm dafür Tipps erteilen musste´ setzte Michail hinzu. `Der Junge ist in der Beziehung ein Naturtalent. Das kann aber auch daran liegen, dass er sich in der Öffentlichkeit häufig auch verstellen musste. Miron musste lachen und lächeln, wenn ihm eigentlich zum Heulen zumute war. Er musste gute Miene zum bösen Spiel machen, wenn man ihn in seiner Anwesenheit verlachte und verhöhnte. Natürlich als Parodie und Humor getarnt.

Der Junge ist sehr feinfühlig. Sowas ist immer schwierig in seinem Geschäft. Gott sei Dank ist er nicht den Drogen verfallen. ´ sinnierte Michail weiter. Michaela stupste ihn an. `Dafür wirst du von deiner Position aus wohl schon gesorgt haben. Oder? ´ Michail schaute sie durchdringend an. `Ich habe es versucht. Aber glaub mir, aus der Ferne kann nicht einmal der Geheimdienst alles steuern. Die innere Stärke hatte Miron schon selbst in sich. Ich weiß, dass er es ein paar Mal mit Drogen versucht hat. Aber er ist wohl selbst zu der Erkenntnis gekommen, dass ihm das nichts bringt. ´ `Papa, hast du dich auch in mein Leben eingemischt? ´ Michail Danilow schaute ihr tief in die Augen. `Ich hatte dich im Blick, Kleines, wenn du das wissen möchtest. Aber ich habe mich nicht in Leben eingemischt. Alles was du geschafft hast, hast du aus eigener Kraft hervorgebracht. Ich weiß auch du hattest schwere Phasen. Aber deine Großmutter, die meine Mutter war, hat dich sehr viel Weisheit gelehrt. Ich konnte ihr sehr vertrauen. Sie hat deine enorme innere Stärke noch gefördert. Ich bin sehr stolz auf dich.´ Michaela konnte nicht anders, als ihn an sich zu drücken.

Ein ganz besonders Konzert

In wenigen Minuten sollte es losgehen. Die Halle, angefüllt mit mehr als 5000 Fans kochte bereits. Alle schrien sie nach Miron. Miron stand hinter der Bühne. Michaela und Michail standen mit Leonid und Mariana Zwetkow, die für das Konzert angereist waren, etwas abseits. Akim Orlow rannte mit seinem Funkgerät hin und her und dirigierte die Tänzer und Musiker hierhin und dorthin. Je nachdem.

Miron brauchte diese Minuten für sich allein um sich zu konzentrieren und auf die kommenden rund zwei Stunden vorzubereiten. Er wirkte nervös. Er wippte in den Knien und rieb sich immer wieder über den Bauch. Dann wurde das Licht in der Halle zu fast völliger Schwärze gedimmt. Lichtblitze zuckten durch die Dunkelheit. In der Halle war es zum ersten Mal in

gespannter Erwartung Mucksmäuschenstill
still. Miron begab sich, unbemerkt von dem
Publikum, in die Mitte der Bühne. Die ersten
Töne des ersten Liedes ertönten. Ein helles
Spotlight stellte Miron in den Mittelpunkt
und das Publikum begann zu kreischen.
Miron lächelte und sang sein erstes Lied. Er
war voll konzentriert. Es war ein langsames
Lied und er schloss dann und wann mit
Inbrunst die Augen. Michaela merkte, dass
er voll in seinem Element war. Das war für
ihn nicht nur eine Arbeit. Dass war seine
Berufung. Miron steigerte sich bei jedem
Lied. Er tanzte mit seinen Tänzern und
Tänzerinnen. Er ging sehr oft an den
Bühnenrand, berührte die Hände seiner
Fans, und nahm auch Blumen und
Geschenke entgegen während er
professionell weitersang. Die Fans gerieten
nahezu in Ekstase. Miron teilweise auch wie
nicht zu übersehen war. Gegen Ende des
Konzerts kniete sich Miron, mittig auf dem
Laufsteg, der mitten in die Menschenmenge
führte, um gleich einen seiner größten Hits,
eine Ballade zu singen. Michaela sah Mirons
Gesicht in Großaufnahme auf der Leinwand

und erschrak. Miron war schweißgebadet. Er wirkte sehr erschöpft, nahezu ausgesaugt. Seine Augen waren geschlossen und seine zuvor so vitale körperliche und präsente Erscheinung auf der Bühne war nahezu völlig verändert und sich zusammengefallen. So als ob ihm sein Anzug plötzlich zwei Nummern zu groß war. Das Wort Energievampire schoss ihr durch den Kopf und sie schaute wütend auf die jubelnde Menschenmenge. Michail ahnte, dass sie kurz davor war, auf die Bühne zu stürmen um ihren großen Bruder zu beschützen. Er hielt sie am Arm fest und schüttelte den Kopf. `Nein Michaela. Das ist Mirons Job. Ein schwerer Job, aber glaube mir, er kann damit umgehen. Er ist ein Profi. ´ Michaela schaute wieder auf die Leinwand. Es zerbrach ihr das Herz, Miron so einsam, klein und allein auf der großen Bühne, seinen Fans ausgeliefert zu sehen. Mirons Augen waren jetzt geöffnet. Seine Seele war, wie immer, ungeschützt durch seine Augen sichtbar. Er konzentrierte sich voll auf das Intro. Die Fans riefen etwas, das Michaela nicht verstand. Dann ging eine

Wandlung in Miron vor. Sein zuvor noch verspannter Mund zog sich gelockert hoch und ein strahlendes Lächeln, dass seine Augen mit einschloss formte sich auf seinen Lippen. Die Fans waren verzückt. Miron schien sich Energie zurück geholt zu haben. Dann sang er mit all seiner Liebe und Freude eine Ballade über schwarze und weiße Pferde die frei in den Weiten der Taiga lebten. Michaela konnte es nicht fassen. Miron war zurück auf der Bühne. So müde er auch wirkte, so strotzte er dennoch vor Kraft und gab noch einmal alles war er hatte. Er schaute jetzt in ihre Richtung und seine Augen weiteten sich. Er strahlte noch mehr, so dass es fast keinen Beleuchter mehr gebraucht hätte. Michaela bemerkte, dass er an ihr und Michail vorbeisah und drehte sich um. Dann stieß sie einen spitzen Schrei aus und fiel Mediana um den Hals. `Wo kommst du denn her? Wir haben uns solche Sorgen gemacht!´ Mediana erwiderte die Umarmung. Sie drückte ihre Tochter ganz fest an sich. Dabei sah sie, vor Stolz fast erbebend, auf die Bühne, wo ihr Sohn sich die Seele aus dem Leib gesungen

194

und die Herzen der Menschen in diesem
Saal mit Licht geflutet hatte. Sie hob den
Daumen zum Zeichen, dass mit ihr alles in
Ordnung war. Miron verstand sofort. Sein
Lied neigte sich dem Ende zu und er gab
noch mal alles. Dann stand er unschlüssig
auf der Bühne. Bislang hatte er, unüblich für
ihn, nur wenige persönliche Worte an das
Publikum gerichtet. Er hatte auch Angst um
Mediana gehabt. Jetzt schien sie in
Sicherheit zu sein. Er wollte noch etwas tun.
Aber was? Und wie? Er erinnerte sich an ein
Video von dem Live-Aid Konzert im Jahr
1985, dass er kürzlich gesehen hatte. Da war
die Gruppe Queen gewesen. Und der
Leadsänger Freddy Mercury hatte das
Publikum dirigiert und im Griff gehabt, was
Miron jetzt noch großen Respekt einflößte.
Freddy hatte eine magische Macht über das
Publikum gehabt. Ob er, Miron, das auch
konnte? Konnte er diese Macht ausüben
und zum Guten nutzen? Heute war der erste
Auftritt nach seiner Entführung. Wenn es
schief ging, würde man es ihm verzeihen.
Noch hatte er den Opferbonus. Er hob den
Arm und senkte ihn langsam herab. Das

195

Publikum wurde still. Er riss die Arme seitwärts und wedelte mit ihnen. Das Publikum schrie in Begeisterung. Wieder senkte er die Arme beschwichtigend und die Menge wurde wieder still. „Liebes Publikum.- Freunde! Ihr seid die größten Fans die ich habe. (Gut, das sagte er zu jedem Publikum, naja, das hörte es ja auch gerne). Ich möchte euch für eure Geduld und Aufmerksamkeit danken. Mir fiel es zunächst schwer heute hier aufzutreten. Wie ihr alle wisst, habe ich einige harte Tage durchgemacht und muss diese erst noch verarbeiten. Und wisst ihr was? Ihr, meine treuen Fans, seid besser als jeder Psychiater!" Die Menge hatte gebannt gelauscht. An dieser Stelle begann zunächst ein Raunen, dann ein Rufen und Kreischen. Miron machte wieder eine beschwichtigende Geste und sofort schwiegen die Zuschauer auf sein Kommando. Na also, ging doch. „In meinem kleinen Gefängnis (Ok, diese Lüge musste jetzt sein), hatte ich viel Zeit über mich und die Welt nach zu denken." Die Fans schwiegen gebannt und starrten ihn an.

Einige wirkten ängstlich, könnte Miron doch jetzt seinen Abschied vom Musikbusiness verkünden, nach dem Trauma, dass er hatte. „Nun," redete Miron weiter und schaute in die Menge. Er versuchte abzuschätzen, wie weit er gehen konnte, horchte in sich hinein. Er hatte das Gefühl, dass er es langsam angehen lassen musste. Hier und heute ging es nicht mit der Brechstange. Er selbst konnte ja all das, was er tatsächlich auch erlebt hatte, die Telepathie, Michaelas Stahlschmelzkraft, sein Nahtoderlebnis und Innererde, kaum fassen. Dazu kam noch die unverhoffte Familienzusammenführung. Wie sollte dann das Publikum ihm folgen können, wenn es nur davon hörte. Hören-Sagen sozusagen. Worte und Emotionen waren nicht gerade Mirons „Ding". Die Musik, das war seine Sprache, damit konnte er all seine Gefühle kommunizieren. Nun" begann Miron wieder, „ich saß da in dem dunklen Kellerloch und sah in die Schwärze. Dann dachte ich über hell und dunkel nach. Über schwarz und weiß und schlleßlich dachte ich darüber nach, wie es in der Welt so zugeht. Was wir Menschen uns

197

gegenseitig und den Tieren und der Natur antun. Ist es nicht tatsächlich der ewige Kampf von Gut gegen Böse, Böse gegen Gut?" er dreht sich einmal langsam um seine Achse, damit ihn jeder sehen konnte. Die Fernsehkameras waren weiterhin auf ihn gerichtet und zeichneten jede Regung auf. Das Publikum hing an seinen Lippen. Akim Orlow begann am Bühnenrand wild mit den Armen zu gestikulieren. Miron sollte wohl aufhören. Aber der dachte gar nicht daran, sondern kam erst so richtig in Fahrt. Er hatte einen Faden gefunden und wollte diesen nicht loslassen. Miron sandte einen Gedanken an seine Familie. Die schnappte sich Leonid und begab sich mit ihm auf die Bühne in Richtung der Musikinstrumente. Leonid hängte sich nur zu gerne eine Gitarre um. Michail setzte sich, gegen den Protest des Drummers an das Schlagzeug. Er schickte einen Satz Gedankenkontrolle rundum und die Musiker überließen den Neuankömmlingen ihre Instrumente. Mediana schnappte sich eine Bassgitarre und Michaela setzte sich mit klopfendem Herzen an das Keyboard. Miron beobachtete die Szenerie und fuhr in seiner Rede an das Publikum fort. „Dann dachte ich an das neue Projekt einer Freundin, an dem ich und Leonid Zwetkow mitwirken. Es handelt von Luzifer, dem Lichtträger, dem gefallenen Engel, der sein Licht, dass er in sich trägt, vergraben und vergessen hat. Und von Mary, die es mit ihrer Liebe wieder zum Vorschein bringt. Ich möchte euch nun exklusiv, zum aller ersten Mal, ein Lied dieser Rockoper vorsingen." Mediana raunte Leonid: „Luzifer" zu.

Miron nickte Michaela aufmunternd zu, die nun wie Espenlaub zitterte. `Du schaffst das Schwesterherz. Reiß dich zusammen. Du kannst Stahl zum Schmelzen bringen. Dann schaffst du dass hier auch. Wir sind alle bei dir. ´ Michail und Mediana sandten ihr Wogen der Liebe und Ruhe. „Leonid schaute Michaela besorgt an. Aber er hatte Erfahrung mit Lampenfieber und rief ihr laut zu: „Auf Drei! Los geht's. Eins, zwei, drei!" Und Michaelas Finger bewegten sich wie von selbst über die Tasten und spielten das sanfte Intro. Mediana, die Gedanken von

Miron, Michaela und Leonid lesend, setzte ihre Bassakkorde sanft und prägnant. Michail verstärkte ihren Beat leise auf dem Schlagzeug. Leonids Einsatz folgte erst später. Miron begann zu singen:

(Lucifers heartbreak)

„There he´s sitting on a Rock to rest

smoking his coal glowing cigarette, -

Lucifer, - Lucifer…

Hell ist getting wrong for him

devils never feel,

this is the end of his period

and he knows

Lucifer

What on hell happened with hell?

theres all love around

the pretty elves seduced the fiends

careness melodies destroy the ugliness

What on hell happened to hell?

Fire stops burning

now it only wants to warm the world

lovewaltz hit´s the hells dance stamp.

There he´s sitting grumbling all about

lovefeel for him was not allowed

Lucifer, lucifer...

He know that he can´t resist

and he really won´t

this ist the end of his period

and he knows

Lucifer

What on hell happend with hell?

there s all love around

the pretty elves seduced the fiends

careness melodies spoil the ugliness

what on hell happened to hell?

now it only wants to warm the world

lovewaltz hit´s the hells dance stamp.

But he´s not really sad upon that point

he knew that it once all will end

Lucifer, Lucifer

But he can´t confess at first

habits won´t be given up

but he´s willing to learn to live

and so it goes

Lucifer….. „

Übersetzung:

(Luzifer´s Herzschmerz)

Da sitzt er auf einem Felsen und ruht sich
aus

raucht eine kohlenglühende Zigarette

Luzifer, - Luzifer...

Die Hölle ist nicht mehr das was sie mal war

Teufel fühlen nie

Dies ist das Ende seiner Periode

und das weiß er auch

 Luzifer

Was zur Hölle ist mit der Hölle geschehen?

da ist überall Liebe

die hübschen Elfen verführten die Teufel

zärtliche Melodien zerstören die
Hässlichkeit

Was zur Hölle ist mit der Hölle geschehen?

Das Feuer hört auf zu verbrennen

Nun will es nur noch die Welt erwärmen

Liebeswalzer verdrängen das Höllentanz-
Gestampfe.

Da sitzt er und murrt herum

Liebesgefühle waren ihm nicht erlaubt.

Luzifer, Luzifer...

Er weiß das er nicht widerstehen kann

und das will er auch gar nicht.

Dies ist das Ende seiner Periode

und das weiß er auch,

Luzifer.

Was zur Hölle ist mit der Hölle geschehen?

da ist überall Liebe

die hübschen Elfen verführten die Teufel

zärtliche Melodien zerstören die
Hässlichkeit

Was zur Hölle ist mit der Hölle geschehen?

Das Feuer hört auf zu verbrennen

Nun will es nur noch die Welt erwärmen

Liebeswalzer schlägt das Höllentanz-
Gestampf.

Aber ist nicht traurig darüber

Er wusste, dass einmal alles enden wird.

Luzifer, Luzifer.

Aber er kann es anfangs noch nicht zugeben

Gewohnheiten wollen nicht aufgegeben
werden.

aber er ist gewillt das Leben zu lernen

und so geht es

Luzifer….

Das Publikum hatte zunächst sprachlos
gelauscht und konnte dann aber schon beim
zweiten Refrain teilweise mitsingen. Es
erstaunte Miron immer wieder aufs Neue,
wie aufnahmefähig die meist jungen Leute
oft waren. Akim Orlow starrte ihn mit
offenem Mund, die Hände in die Hüften
gestemmt und mit zusammen gekniffenen
Augen an. Es konnte ihm nicht schmecken,
dass Miron ohne Absprache an
irgendwelchen Projekten mit anderen
Musikern arbeitete. Da waren auch Verträge
und Lizenzen davor. Miron was es gleich,
denn in diesem Moment hob ein tosender
Beifall an. ˋMichaela, dass ist dein Beifall.
Dein Lied, dein Beifallˊ übermittelte er ihr
voller Stolz. Das wurde Michaela erst in
diesem Moment bewusst und ihr Herz
schlug vor Freude und Glück Purzelbäume.
Miron stand ganz still und wartete bis sich
das Publikum beruhigt hatte. Dann brüllte
er: „Wollt ihr noch mehr?" Die Zuschauer
klatschten und stampften. „Ich werte das
mal als Ja!" grinste er in die Kamera und die

Fans riefen im Chor: „Zugabe, Zugabe…"
Miron gab einen Gedankenimpuls an seine
Familie, ja das Wort ging ihm jetzt ganz
leicht von der Seele. Familie. Er hatte jetzt
eine Familie! „Illusion!" gab Mediana an
Leonid weiter und der nickte. Miron hob
wieder das Mikrofon an die Lippen und
sprach: „Nun, wie gesagt, ich hatte viel Zeit
zum Nachdenken in dieser Dunkelheit, in
der ich saß. Aber ich wollte nicht
verzweifeln. Mich hielt die Hoffnung immer
aufrecht. Ich dachte an all die Liebe, die ihr,
die besten Fans der Welt, mir
entgegenbringt. Und das war für mich ein
Licht in der Dunkelheit. All eure Liebe und
euer Licht haben mich stark gemacht. Wisst
ihr, jeder Mensch trägt ein Licht, einen
Funken in sich. Der eine heller, der andere
schwächer. Aber es ist immer da. Eure
Gebete, eure guten Wünsche für mich, euer
leuchtendes Licht hat mich erreicht und
gaben mir eine ungeheure Kraft. So
bemerkte ich, dass die Dunkelheit, in der ich
mich befand, nur eine Illusion war, wie so
vieles auf unserer schönen Erde." Miron
nickte Leonid, zum Zeichen, dass er nun

bereit war, zu. Und der ließ ein wundervolles Gitarren Intro erschallen. Michaela, Mediana und Michail folgten seiner Leadgitarre.

Miron begann zu singen:

It´s an illusion, what we´re doing here

It´s an illusion when we´re having fears,

it´s an illusion and we´d better make it right

It´s an illusion, what we´re calling life

It´s an illusion, when we are offside

It´s an illusion and we´d better makt it right, allright.

The moondawn and the sunrise

Our daywork and our clothessize

Our pain and love, our worse and luck

It´s an illusion like a dream.

It´s an illusion everything you see

It´s an illusion, just you and me

It´s an illusion just like a beauty dream oh
yeah

It´s an illusion like a magic wink

It´s an illusion like a tragic link

It´s an illusion and we´d better set it right.

The devil and the hellsfire

Sensation and deep desire

Busy souls are overdued

It´s an illusion everything.

It´s an illusion anyway

And I´ve got no more to say

My words and feelings rush away

On an illusion wave

It´s an illusion what we´re calling life

It´s an illusion what we´re doing here

It´s an illusion,

we sink in illusions

 and never know what´s right

Oh yeah

We never know who´s right

Oh yeah

We should try to make it right

Oh yeah

We should act like we think it´s right.

Übersetzung:

Es ist eine Illusion, was wir hier tun

Es ist eine Illusion, wenn wir Ängste haben

Es ist eine Illusion und wir machen es besser
richtig. OK

Es ist eine Illusion was wir Leben nennen

Es ist eine Illusion, wenn wir Abseits stehen

Es ist eine Illusion und wir machen es besser
richtig. OK

Der Monduntergang und der
Sonnenaufgang

Unser Tagewerk und unsere Kleidergröße

Unser Schmerz, unsere Liebe unser Pech
und unser Glück

Es ist eine Illusion wie ein Traum

Es ist eine Illusion, alles was du siehst

Es ist eine Illusion nur du und ich

Es ist eine Illusion wie in einen schönen
Traum

Es ist eine Illusion wie ein magisches Zwinkern

Es ist eine Illusion wie eine tragische Verknüpfung

Es ist eine Illusion und wir sollten es besser machen

Der Teufel und das Höllenfeuer

Sensation und tiefes Verlangen

beschäftige Seelen sind übermüdet

Es ist eine Illusion, einfach alles.

Es ist eine Illusion sowieso

und mehr habe ich dazu nicht zu sagen

Meine Worte und Gefühlen eilen davon

auf einer Illusionswelle

Es ist eine Illusion was wir Leben nennen

Es ist eine Illusion was wir hier tun

 Es ist eine Illusion

wir versinken in Illusionen

und wir wissen nie was richtig ist.

oh ja

wir wissen nie wer Recht hat

oh ja

wir sollten es richtig machen

oh ja

Wir sollten so handeln, wie wir denken, dass
es richtig ist.

Das Publikum war wie elektrisiert und
lauschte andächtig. Hier und da sang
jemand das Wort Illusion schon mit. Der
letzte Akkord erklang und es herrschte Stille
im Saal. Miron schätzte die Atmosphäre
schnell richtig ein. Es war keine ablehnende
Stille, sondern eine erhabene Stille. „Nehmt

euch das bitte zu Herzen. Das ist meine Bitte an euch!" flüsterte Miron heiser ins Mikrofon. „Habt niemals Furcht, sondern sucht, findet und lebt die Freude, die Liebe und das Licht in allem was ist. Verbreitet Freude! Wenn jeder von euch, " dabei sah Miron eindringlich in die Kamera, um auch das Publikum an den Fernsehschirmen zu erreichen, „Wenn jeder von euch nur einmal am Tag einen Menschen zum Lächeln bringt, durchbrechen wir alle gemeinsam die Dunkelheit. Denn ein Lächeln braucht keinen Strom, aber es gibt mehr Licht!" Bei diesen Worten schickte Miron das schönste Lächeln, dessen er mächtig war und all seine Liebe durch seine Augen in den Äther. Die Menge seufzte. Einige begannen zu schluchzen oder weinten vor Rührung. Miron hatte ihre Herzen erreicht. „Ich danke euch für all die Liebe, die ihr mir tagtäglich schenkt." Miron musste vor Rührung schlucken. „Aber gebt von dieser Liebe auch ein bisschen an euren Nächsten ab. Wo auch immer ihr euer Licht leuchten lasst, kann keine Dunkelheit, keine Trauer, kein Verzagen sein!" Er verbeugte sich, winkte einmal in die Runde und ging mäßigen Schrittes von der Bühne. Er fühlte sich wie ein Sieger, obwohl er eigentlich gar nicht gekämpft hatte. Plötzlich ergab alles für ihn einen Sinn! Sinn! Sinn! Sinn! Hallte es in ihm wieder. Das was jeder Mensch brauchte und nur allzu oft aus den Augen verlor. Jeder Mensch, jedes Tier, jede Pflanze auf der Erde hat einen Sinn. Dachte er. Die Friseurin, die ihre Kundschaft verschönert, oder einer krebskranken Frau eine hübsche Perücke zaubert. Die Verkäuferin an der Kasse, die einem einsamen alten Menschen mit einem Lächeln das Herz erwärmt. Die Kindergärtnerin, die Kindertränen abwischt, die Krankenschwester, die Sterbenden die Hand bis zuletzt hält und Trost spendet. Sänger, Maler, Schauspieler, Schausteller, Schneider, Versicherungsmakler, jeder Mensch auf der Welt wurde genau an den Platz gesetzt, wo er mit seinen Talenten und Erfahrungen gebraucht wird. Miron zuckte leicht zusammen, als sich eine Hand auf seine Schulter legte. Er drehte sich langsam um und sah in glückliche Gesichter. Michaela hatte Freudentränen im Gesicht.

Leonid strahlte wie ein Honigkuchenpferd. Michails und Medianas Herzen sendeten pure Liebe zu ihm aus. `Allein bin ich stark. Aber gemeinsam sind wir stärker´ dachte er bei sich. `Ich bin angekommen. Ich bin ganz in meiner Mitte. Ich habe das gefunden, wonach ich mein Leben lang gesucht habe. Ich habe MICH gefunden. Ja, nun macht alles einen Sinn. ´ Er umarmte alle, wie sie da waren. Er wollte sie nie wieder loslassen. Michaela fing an zu kichern. Mediana und Michail lachten und Miron stimmte fröhlich mit ein. Nur Leonid verstand nicht recht. `Wirklich mein Sohn? ´ fragte Michail, `Nie wieder Hühnersuppe? ´ `Nein Vater´ antwortete Miron und drückte Michail noch fester an sich. `Ab jetzt stehen wir zusammen und kämpfen mit offenem Visier. ´ `Du brauchst nicht mehr zu kämpfen mein Junge´ dachte Michail sanft. `Lass das Leben einfach fließen. Dann gelangst du früher oder später auch zur Quelle. ´

6 Monate später:

Michaela fuhr mittlerweile regelmäßig in Innererde ein. Sie hatte stets eine große

216

Tasche mit Zeitungen und Zeitschriften bei sich. Mediana liebte es, alle Artikel über Miron und mittlerweile auch Michaela zu lesen. Zeitungen und Zeitschriften, das war etwas, was es in Innererde nicht gab. Die Rockoper:" Luzifer" hatte weltweit eingeschlagen wie eine Bombe und war seit 9 Wochen in allen Charts in den Top 10 vertreten. Leonid Zwetkow lief in allen TV-Shows mit Michaela auf, stolz wie Oskar, weil er sie entdeckt, produziert und an sie geglaubt hatte. Miron hatte ein bewegendes Lied über „Familie" geschrieben, welches die Charts im Russland anführte. Alle Welt wollte von ihm etwas zu seiner Entführung hören, aber er blockte, dass stets ab. Er sonderte sich privat noch mehr, als früher von der bunten Glitzerwelt, in der sich beruflich zwangsläufig bewegen musste ab. Aber jetzt nicht aus Angst, sondern um sich wirklich zu entspannen und zu regenerieren. Er war nun tatsächlich auch Vegetarier geworden, meditierte viel und fand Gefallen an einer schüchternen Show-Kollegin, die er schon seit Jahren kannte, aber nie groß beachtet hatte. Auch sie liebte das ruhige

Leben abseits der Showbühne. Von Michaela hatte er sich, laut öffentlicher Version, in Freundschaft getrennt. Michail Danilow hatte einen Waffenstillstand mit Dragon Milford ausgehandelt. Der war mehr als erstaunt gewesen, das Mediana aus ihrem hermetisch geschlossenen Gefängnis entkommen war. Man würde, so die offizielle Vereinbarung, Milford und seine Kumpane in Ruhe lassen, sofern sie nicht weiter in Russland agierten. Milford willigte vorerst ein. So konnte er seine Kräfte besser bündeln. Amerika und Europa hatten er und seine Genossen zwar schon weitgehend im Sack, aber auch hier gab es noch genügend Baustellen und er hatte seine Finger schon nach Saudi-Arabien ausgestreckt. So ging alles seinen Gang, bis das Spiel neu gemischt und von neuem beginnen konnte.

Epilog:

Inspiriert wurde die Geschichte durch die Schriften der Qumran – Rollen und Toth des

Atlanters, sowie Vorträgen auf You Tube von Christa Laib-Jasinski die die Aufzeichnungen zu Erlebnissen aus der Innererde ihres verstorbenen Mannes Alf Jasinski zu Büchern verarbeitet hat. Besonders hervorheben möchte ich hier auch die Smaragdtafeln des Toth.

Unterirdische Städte gab es in der Vergangenheit tatsächlich. In Derinkuyu zum Beispiel ist die größte unterirdische Stadt in Kappadokien in der Türkei.

Elf Stockwerke in die Tiefe wurden bislang entdeckt. Man vermutet, dass es bis zu 18 Stockwerke sind. Hier konnten 20.000 bis 50.000 Menschen mit ihrem Vieh leben.

Natürlich weiß ich, dass man sich im Englischen nicht siezt. Aber es passte gerade so schön in den Dialog zwischen Miron und Michaela.

Ich danke allen Lesern. Und wer mag, darf sich auf ein Wiedersehen mit Miron und diesmal seinem Alter Ego Dima Bilan freuen,- die einen Auftritt in meinem

nächsten Buch: ***Das schlafende Medium* –
Am Ufer des Himmels** haben werden.